U0095462

一杯沧海

吴稼祥 著

阿海 绘

朝华出版社

图书在版编目(CIP)数据

一杯沧海/吴稼祥著. —北京:朝华出版社,2005.9
ISBN 7-5054-1377-5

Ⅰ.一… Ⅱ.吴… Ⅲ.散文—作品集—中国—当代 Ⅳ.267

中国版本图书馆 CIP 数据核字(2005)第 109558 号

一杯沧海

著　　者	吴稼祥	
责任编辑	田　辉	
特约编辑	李　强	
装帧设计	李　洁	
责任印制	高　楠	
出版发行	朝华出版社	
地　　址	北京车公庄西路 35 号	邮编编码　100044
电　　话	(010)68433188(总编室)	
	(010)68413840 68433213(发行部)	
传　　真	(010)88415258(发行部)	
印　　刷	北京市天竺颖华印刷厂	
经　　销	全国新华书店	
开　　本	787×1092　1/16	
印　　张	12　插　页　8	
版　　次	2005 年 9 月第 1 版	
印　　次	2005 年 9 月第 1 次印刷	
书　　号	ISBN 7-5054-1377-5/G・0746	
定　　价	22.00 元	

版权所有　翻印必究・印装有误　负责调换

目 录
c o n t e n t s

第二版序言

思想的原浆

本书原名《把海倒进杯子》，由知识出版社于 2003 年 1 月出版。

出版那本书，本来是想对自己有一个交代。数年经商，没有时间看大部头的书，也没有时间构思成体系的思想，更没有时间写大块文章，只有一些零零碎碎的时间，散落在车站码头，随手捡起来，写些突然闪现的片断思想。有的是对人生的感悟，有的是对世象的透视，有禅言，有谐语，当时觉得珍贵，怕遗忘，记下来，原只打算供自己日后继续思考时用。之所以后来结集出版，是不想让自己在读者面前失踪太久。一着急，把思想的半成品拿出来卖了。如果你愿意，也可以认为它们是没有来得及兑水的思想原浆。

没有想到这本书并没有死产在印刷机上。它出版后，若干片段首先出现在《杂文选刊》上，某些段落还填补过一些地方报纸的边角空白，有些地方甚至把它列为中学生课外读物，也有些网友在互联网上转贴它的部分内容，还有些做党政工作的朋友告诉我，他们各买了十几本《把海倒进杯子》送给他们的朋友们……

我心存感激。首先要感谢原《半月谈》读书俱乐部的负责人张修智先生，他是本书的第一个助产士，他为它，不仅花费了精力，还花费了金钱；其次要感谢知识出版社的张高里先生，他当时决定出版这本书，是出于友情帮忙，而非利润考虑；再次，要感激康笑宇先生，他为本书所配的出色漫画，大大增加了阅读本书的乐趣和读者的购买欲望；当然还要感谢读者，他们的鉴赏力从未让我失望。中国只缺少有品位的书，从不缺少有品位的读者。

此次出新版，有三个考虑：一是让原有的内容更完善，表达更精当。因此，我让有些臃肿的条目减肥，让有些干枯的条目红润，还有些像蛇一样游荡的句子，被我抓出来扔掉了。被修改的篇幅接近原书的 2/5，原书共 514 条，我修改了其中的 198 条。我不敢保证本书触目皆繁花，完善是个没有尽头的路。在以后的版本里，这条路我还要走下去。

第二个考虑是想让这本书看上去漂亮一些。因此，我为它美了容：所有的条目都加了小标题，一共 602 个标题，就等于说我一共描了 602 道眉毛；此外，我还修饰了它的脸廓，按照传统的结构把它分为 10 章，用完全现代的方式给每章加了标题。

第三个考虑是让它覆盖我更长的人生经历。第二版与第一版相比，删去了十余条，新增加了 100 多条，总条目从 514 条增加到 602 条。新增加的条目，有些是写这本书之前写的，有些是出这本书以后写的。最早的一条写于 1983 年，最晚的一条写于上个星期——2005 年 7 月下旬，前后跨度超过 20 年。这 20 年之于我，何止沧海桑田。

元稹有名句云："曾经沧海难为水，除却巫山不是云。"我所曾经历的沧海是带不来了，让我送给你一杯沧海之水吧。初尝苦涩，但我保证，回味甘甜。

2005 年 7 月 31 于北京

2003 年第一版自序

一个梦想

这是我第三次为这本书写序言了。

其实是三次为同一本书的三个不同书名写的。第一次为《竹头木屑集》写，说这本书是用时间的边角废料，写出思想的边角废料，像竹头木屑一样，没有大用。但如果有人要在下雪天行路，木屑可能派上用场，铺在地上，防滑。那篇序废了，原因是那个书名被否。朋友说，如果这本书是线装的，那个书名倒合适。

第二次为《笑着思想》写，写了什么，您自己看。书名上了绞架，序言活了下来，印在后面（本版删去了这篇作为附录的序言——作者注）。我觉得它有点意思，死了不会瞑目。可惜了笑宇兄为这个书名经营的封面，奇思卓想，古笨之美，言不能尽。

现在书商之战，差不多成了书名之战，几乎所有的书名都是用脑汁写的。好钢用在刀刃上，好脑汁用在书名上，这是对的。你的书名不锋利，怎么能割破读者坚韧的钱袋？这就苦了作者，虽是良家妇女，有时不得不做出媚态，很不专业。

好在《把海倒进杯子》这个书名还算切题，不太轻佻。我当然不敢狂妄到声称，我这本随感录中的每一段文字都是一只精美的杯子，里面盛着思想的海洋。我敢说的是，倒空人生的杯子，把海洋倒进去也不满溢，是中国文化的最高人格追求，也是本书作者

的一个梦想。

在现实中，我们看到另外一些杯子，装了一点水，就觉得自己很浩瀚，直想和伟人干杯。有的杯子牛得很，自以为其大无外，其小无内，可以装得下世界上所有海洋。海倒下来，它被淹没，周围一片泛滥。

中国的文化有点怪，像景德镇的瓷器，它烧制的大器和小器，在容量上的差别极大：天人合一，有的人把自己与天合，器越来越大；有的人让天和自己合，以为天就是自己那一点大，器就小了。井底的蛙，中国的特产。

不像基督教文明，在那里，上帝的伟大无可测量，人不过是上帝餐桌上一只小小的器皿。在那里，神是无辜的，人是有罪的，所以不会过于狂妄；在那里，上帝是无限的，人是有限的，所以不会过于自大；在那里，魔鬼是无望的，人是有救的，所以不会过于自弃。西方的杯子，可能装不下海洋，但能装得下自己。

这本书能够以现在这个样子出版，首先要再次感谢笑宇兄，他的配画和装帧设计，可以让有一点希望的丑小鸭变成白天鹅，如果读者在这书里看到了鸭毛，那不是笑宇兄的责任，而是小鸭本身的问题：并非每只丑小鸭都能被包装成白天鹅的。

序稼祥同学《一杯沧海》

使挫折成为磨练

稼祥是我们北大经济系七七级（八二年初毕业）班中大家公认的才子，而且是刚正无邪。毕业后，稼祥曾在政府里做过官，也曾受过很大的挫折。他在黑暗中坚强地摸索了好久又找到了自己的归宿，现在成了一个作家，用他的话讲是"坐家"。

从毕业到现在，二十多年过去了。现在看看我们班中的同学：有做了大官的，有成为大学者的，有经商发大财的，也有些是默默无闻的。在几个陷入过逆境的同学中间，数稼祥所受的挫折最大。稼祥是条硬汉子，他在挫折中不沮丧、不怨恨、不逃避；而是思考、宽容、求索，从而使挫折成为磨练，使他在人生哲学方面的探讨达到了一定境界，不让自己在逆境中沉沦。

他总说自己还是个"翰林院大学士"，不像许多同学那样有硕士、博士、甚至洋博士的学术头衔。我虽然有个洋博士头衔，但我并不认为这头衔就是学术"光环"。在做学问这件事上，头衔不是衡量一个人学术成就的标准。一个人是否有成就，要看他是否有创作，有贡献，是否对社会有影响。稼祥这些年来已出版了好几本书，有学术上的，也有花边文学的，都很有趣。他一直在读，在想，在写，这大概就是他的生存方式。

这本书是以短句的形式探讨人生哲理。从律己到待人，从做

丈夫到为妻子,从学习到欣赏,从观政治到经商务,从历史到当今,方方面面。从这本书中可以看到稼祥那不断产生的思想火花,闪闪烁烁,汇集到一起,不仅照亮他自己的人生旅途,也与他的同路人分享。

近年来我每次回国都寻找机会与稼祥会面,每次会面都很快活。大学时代的稼祥比较拘谨寡味,如今则比较豁达有趣,这或许与他的阅历有关。我在教学之余,也从事创作,成了一个自由作家。古人云:"殊途同归。"早年曾与稼祥同窗,二十年后又与稼祥为伍。我们常谈到,不受大挫折就没有大醒悟,有了大醒悟不写出来是对不起自己的民族。要将闪光的思想注入民族的血脉中,使民族的躯体增加些健美的肌肉。

稼祥请我为他的书作序,以此交差。

美国刘易斯科拉克州立大学终身教授　黄少敏

2005 年夏于美国华盛顿州一山边

爱是做出来的

001

爱的生与死

爱死于占有,生于放弃。

一切与零

女人可以为她所爱的男人舍弃一切,但她并不想男人把一切都舍弃,任何女人都不会爱丧失一切的男人。

女人丧失一切,可以得到她所爱的男人的一切;男人再一无所有,她只能得到零。

始与终

性是爱的起点,但不能是爱的终点。如果没有别的终点,爱只能半途夭折。

以偏求全

大多数爱情悲剧来自这样一个事实:自己是片面的,但要求情人全面;自己是有缺陷的,但要求爱人完美。

羞涩

如同黄山丧失云雾,凤凰丧失了彩羽,女人如果丧失羞涩,就丧失了一切。羞涩是女人最重要的装饰。

约会的秘诀

被约会的姑娘如果说没有时间,那一定不是没有时间,而是没有兴趣。所以,要约会,不是问她是否有时间,而是要问她是否有兴趣。

要爱,姑娘们总是有时间的。爱是她们的头等大事。

被发行的爱

现在的情话只有一个字:钱,现在的情书只有一种样式:纸币,面额越大情越深。

如今爱得真便宜。

女以稀为福

男人的生活中不能没有女人,也不能全是女人。没有女人的生活不幸,全是女人的生活更不幸。物以稀为贵,女以稀为福。

出了家的贾宝玉或许会同意我这个看法。

男才女貌

女人最大的财富是美貌,男人最大的资本是智慧。

男人的才气能削减相貌的丑陋,女人的美貌能掩盖智力的

平庸。

这就是为什么男人读书不要命,而女人健美命不要。

爱恨轮回

爱与恨是可以相互转换的。不同的是恨变成爱是天堂,爱变成恨是地狱。

小心你的呼吸

爱,有时像永生的凤凰,能从烈火中再生;有时像花蕊中的花粉,粗重的呼吸都会把她吹得无影无踪。

爱,是人类最精致的情感,请呵护她。

寂寞是爱的卧室

爱需要寂寞,没有寂寞就没有爱的深度。爱不仅需要品尝,更需要回味。寂寞是回味的卧室。不能孤独的人与爱无缘,而那些能爱的人也耐得住寂寞。

爱是做出来的

真正爱的语言都不是用嘴说的,爱都是做出来的。

能黑能白

如今，男人不把自己抹黑，不能入世。过于纯洁的男人为世人所不容，如同过于洁白的布料不能当拖把。但男人如果不把自己洗净则不能出世，带着满身汗臭是不能上自己的床睡觉的。抹不黑的男人很难成功，洗不白的男人必定堕落。

谁的鞋舒适谁知道

常有这种情况，一个为众人所唾弃的男人，偏偏被一个出色的女子所深爱，那男人想必具有只被那女子所发现的特殊价值。

做爱与做事

最近，有人对澳大利亚最成功的十位男女企业家做了调查，发现：最成功的男士都有幸福家庭，最成功的女士大多是单身。

看来，多数女人只在无爱可做的时候才做事，多数男人只在无事可做的时候才做爱。

男人的起点在女人停下来的地方

爱可能是女人的终点，但只能是男人的起点。所以，爱是男人的风帆，但是女人的枕席。

爱无是非

女性大多数是感性而非理性的。她们判断事物的标准不是是非，而是好恶。她们所喜欢的东西，再错也是对的；她们所厌恶的东西，再对也是错的。

木桶原理

男人如果吝啬，他的优点会减半；男人如果慷慨，他的缺点也会减半。男人如果是只木桶，吝啬可能就是那块最短的桶板，不弥补它，便留不住爱的如水柔情。

好男人的五种原料

一个男人的性格魅力来自正直、慷慨、幽默、体贴和勇毅。如果好男人是一盘沙拉，调配它需要这五种原料。

女人无才便是福

和罗仲伟博士谈起女博士们，她们博学得有些不正常：她们接受和拒绝某些东西，有时比常人加倍地轻率，有时比常人加倍地艰难。所以知识多的女人可能幸福反而少。

同性是冤家

女人对比她丑陋的女人的相貌绝不吝啬赞美，对比她漂亮的女人的品行也绝不吝啬挑剔。

大小

只有大丈夫，才敢把自己说小；而小男人总要把自己说大。男人最好像孙猴子的金箍棒，说大能大，说小能小。

残忍的爱

有时，有些残忍是爱，有些爱是残忍。大多数母亲的爱是残忍，大多数父亲的残忍是爱。

及时清偿情债

爱是债权，被爱是债务。如果你不能用同等的爱来偿还，那就要赶快停止对方爱的放贷，最好让她或他用对你的恨来对冲掉你的债务。否则，你将被情债压得永世不得翻身。

疯狂不是爱

低于理解的行为是疯狂，能够理解的行为是功利，超越理解的行为是爱。

美女的原罪

漂亮女人没钱时被男人玩弄,有钱时玩弄男人。漂亮不是原罪,原罪是除了漂亮没有别的东西。

吝啬是女人的特权

男人的节俭看起来像吝啬,女人的吝啬看起来像节俭。

男人的不治之症

对于男人,不能被饶恕的缺点是吝啬,不能被治愈的疾病是愚蠢。坏男人不怕没人爱,但蠢男人极可能成为爱的春风吹不到的玉门关。

爱不怕他杀怕自杀

爱是不死的鸟,不怕炼狱里的火;爱是初放的花,经不住一阵狂暴的风。火是棒打鸳鸯的火,风是相互伤害的风。棒打鸳鸯是他杀,相互伤害是自杀。

女人是山水

古人以山水为女人，与自然做爱。今人能以女人为山水，在做爱中见出自然吗？

短缺

现在不缺少女人，缺少妻子；不缺少男人，缺少丈夫。短缺的不是性别，是性质。

终极理由

爱或不爱，是女人做或不做一件事情的终极理由。

最幸福的人

在你健康鲜活的时候，你想到了谁是你最甜蜜的情人；在你卧床不起的时候，你想到了谁是你最温柔的妻子。能够做情人的人，未必能做妻子。情人与你共创欢乐，妻子与你分担痛苦。

如果不论你健康或者疾病，你想到的都是同一个人，那你就是世界上最幸福的人。

情感动物

女人是情感动物。她赞成一件事，可能不是因为这件事做得正确，而是这件事让她喜欢；她反对一件事，可能不是因为这件事做得不对，而是这件事让她反感。

正义的事情必须同时也是可爱的事情，才能让女人全身心投入。对人也是这样。

有爱就没有是非

有是非就没有爱，有爱就没有是非。当一个家庭没有爱时，就会变成一个论坛。真理没有住在爱情的隔壁。

无果花

你结果，他开花。如果姑娘们不爱你而爱他，那是因为这些姑娘已经很富有，很实用，有心情，有支付能力，去爱那些无果花。这种爱也许不长久，但很开心。

并非情侣

人在任何年龄阶段上都可能被爱，但被爱的可能性随着年龄的增长而减少。美丽的花朵人人喜爱，只有很少的人会欣赏苍松的刚劲之美。苍松更适合做师长，而不是做爱人。即便是"岁寒三友"——松、竹、梅,也只是战友,并非情侣。

密码应答

爱是一种密码应答。你所爱的人,往往是唯一能解答你心中最深密码的人。

相爱时难别更难

大多数男人都能得到他所爱的女人,只有少数男人能不相互伤害地离开他不再爱的女人。

男人的品质,是由他离开女人的方式显现的。

对你盘点

女人是矛盾的统一体。比如,女人为了爱可以牺牲一切,不过,你要是没有一切,她也不会爱你。因此,对你盘点,在爱你之前;为你牺牲,在爱你之后。

被磨损的女人

像被磨损的硬币也是硬币一样,被玩弄的妓女也是女人。被磨损的硬币是贬值的货币,被玩弄的妓女是贬值的女人。硬币贬值的是它的含金量不是它的花纹,妓女贬值的不是她的肉体是她的感情。

情人是彩虹

情人是审美的,妻子是实用的。审美的东西往往不实用,比如彩虹;实用的东西常常无美感,比如墩布。拥有了墩布又想彩虹的人,不要把彩虹再变成墩布。彩虹最好让它挂在天边,而不是身边。

爱起源于崇拜

爱是向上的动力。所以征婚的姑娘们都要求应征者有 1.75 米以上的身材,这是可视的高度,不可视的高度要通过手的触摸和心的触摸才能发现。被爱者是比自己高的人。因此可以说,女人对男人的爱起源于崇拜。

爱是对自我的亲证。你所爱的人,是另一个你自己,是你想成为、渴望成为但还没有成为的你自己。当你所爱的人低于你自己或不再是你自己时,爱的驱动力就会降低。

读陈国军的《我与刘晓庆》,觉得他没有明白自己与刘晓庆悲剧的根源。这个根源是他不再是刘晓庆需要亲证的更高的自我。

当一个人可以自我亲证更高的自我时,爱的需求也会下降。这也许是得道者多有向下的普照的慈爱,少有向上的排他的性爱的原因之一。

失控

爱是一种失控,一种自我失控。深爱的人会发现在自己身上复活了另外一个人，仿佛魔鬼附体，身不由己，受魔鬼支配，最后和他同归于尽。

所以爱得越深，越不长久。

露水与雕像

性是肉体关系，爱是灵魂关系。有性无爱，性是露水；有爱无性，爱是雕像。露水甘甜但短暂，雕像永恒却苦涩。性爱水乳交融，灵肉契合无间，才是人生的纯美境界。

两种爱

性爱是空瓶，是短缺，渴望获得，渴望满足。

仁爱是满溢，是过剩，渴望付出，渴望倾泻。

自己不能满足自己的人有性爱，自己超越自己的人有仁爱。

爱与禅

美国电影，境界比较高的，渐渐有了点禅意。

《阿甘正传》，浸透禅机的是那根羽毛，开始，随风而来；结尾，随风而去。偶然，必然？梦耶，非耶？一个傻瓜从生活中获得的东西，比一个聪明人多得多，原因只在于他傻得只会爱人，为了一个傻乎乎的承诺，不惜成本。

《廊桥遗梦》是一个神话，一个爱的神话。你爱一个人，你想得到她(他)，如果你真的得到了，这是成功的爱情；你爱一个人，为了

男女第一 爱是做出来的

那个人，你必须失去她（他），如果真的失去了，这是成道的爱情，是爱的极致。廊桥之爱是后一种爱，是灵魂之爱，所以从生前爱到死后。

必须放弃而又不能放弃的爱只能去死。《烈火情人》中的男主角与他儿子的情人一见钟情，立即燃烧，在三重背叛中燃烧：妻子、儿子和政府，他是政府阁员。他坚持住肉体，亲手杀死了爱情。在儿子发现了燃烧现场之后，坠楼而死。情侣、妻子和政府也都离他而去。

有时，暂时的放弃可能导致永久的获得。《桃色交易》片首女主角戴安娜的画外音好像是一个禅师的独白：

如果你很想要一件东西，就放它走，如果它回来找你，就永远属于你；要是它不回来，那么它根本就不是你的。

戴安娜自己把自己从她爱人身边放走了，爱人很想要她，但还是含泪微笑着签发了释放证书：离婚文件。可是，她还是回来了，她本来就是他的。

情人就像鸽子，她（他）不断回到你身边，是因为你是她（他）的家，而且，舍得放飞。

上酸菜的乐趣

夫妻、情侣之间的物质生活水平，是由收入较高的一方决定的；他们之间的精神情感生活水平，是由受教育程度较低的一方决定的。据说，北京大学某著名教授与一位村姑相伴终身，他们的

性是爱的起点，但不能是爱的终点。
如果没有别的终点，爱只能半途夭折。

古人以山水为女人，与自然做爱；

今人能以女人为山水，在做爱中见出自然吗？

家常话以土豆为核心。但是，人生的快乐并不与文化程度成正比，假如你娶了翠花，你会有上酸菜的乐趣。

罢心

男人追求意义，女人追求心意。男人一般不做没有意义的事情，女人很少去做违背心意的事情。一旦男人发现某件正在做的事情失去意义，他会罢手；而女人只要察觉某件事不符合自己的心意，能罢手就罢手，不能罢手就罢心。

旋涡

每个女人都是一个旋涡，只要进去了，就很难出来。而且，根本不可能从原路出来。

让爱呼吸自由

自由是爱的空气。如果抽干了你爱人的自由，不是你的爱人死掉，就是爱死掉。

丑推动美

丑女人的美体现在她的行为或作品中，正因为她不能美化自己的相貌，所以她要美化自己的人生。爱美是所有女人的天性。

男 女 第 一 *爱 是 做 出 来 的*

完美主义者

某些女士总是穿着最不理想的服装,只是因为她们买不到最理想的服装。

价值规律

女人一旦有了价格,价值就开始下降。权力的价值一下降,就开始有价格。

粗细

男人宜粗不宜细。细的男人虽然可以当耳挖子掏耳朵,让人舒服,但不能当粗木头做栋梁,承受重量。当然,最好的男人应该像金箍棒,能粗能细:细能绣花,粗能顶天。

脸蛋专业化

色情成为一个行业以后,女性漂亮脸蛋的用途就专业化了。这也是一种社会分工。美貌,成了利润的工具,不再是致命的武器。

心甜的女人美丽

慷慨是男人的潇洒,微笑是女人的美丽。因此,男人的潇洒并非只来自举止,女人的美丽也不只是源于相貌。心宽的男人潇洒,心甜的女人美丽。

爱的幸福是付出

相爱的人之所以幸福,是因为双方都愿意为对方全部付出,但只需要部分接受;夫妇之所以常感不幸,是因为双方只能为对方部分付出,但对其人必须全部接受。

忘我与自我

情人之间容易融洽,可能是相爱双方更多地想到为对方尽自己的义务;夫妻之间常常龃龉,也许是夫妻双方都在过多地强调自己的权利。情人在激情中,易于忘我,所以幸福;夫妻在家务里,显现自我,所以苦楚。

受伤的并非总是女人

失去爱的女人最易伤害人,得到爱的女人最易受伤害。受伤的并非总是女人,而是坠入爱河的女人。

男 女 第 一 爱 是 做 出 来 的

爱不是什么

爱,是自由的联盟,不是卖身的契约;是双飞燕,不是连理枝。

毒品

爱可能是某种毒品,中毒者欲死欲仙;但毒品绝不可能是爱,成瘾者半人半鬼。

经不起挥霍的爱

昨晚,和好友共赏美国影片《九个半星期》,是一部优美的爱情片。

男主人公想像力丰富,身体强健而且多情,把爱的事件变成了一个个奇迹。

可惜,花期只维持了两个半月。对于花园中的花,是长的;对于爱之花,就太短了。

爱得浓烈,就爱得短暂。我过去这么认为,爱是开花。人不能一辈子开花。

但这部片子想说的不止这些。它似乎更想说,任何浓美的情感都经不起挥霍。剧中的约翰是个爱情的败家子,挥情如土。

挥霍不能长久,无论金钱、权力或者爱情。

长久来自珍惜。

肉搏

性让你爱得热烈，兽性让你爱得暴虐，人性让你爱得长久。只有兽性没有人性的爱，可能只是一场肉搏。

第三种爱

有一种爱有今天没明天，有一种爱有明天没今天，还有一种爱既有今天也有明天。

第一种过于浪漫不切实际，第二种过于实际缺乏陶醉，只有第三种爱如春雨中的田园，今日的淋漓葱绿，伸入明日的金黄丰满。

爱不是聪明人的事

只要你在爱，就不会有理性。理性太过的人，难爱起来。

只要你在爱，就必定很愚蠢。过分聪明的人，掉不进爱河。

爱不是聪明人的事。

爱和爱不一样

爱很美，假如她以高尚为邻。

爱也很丑，假如她与卑鄙为伍。

失恋让男人完整

一个没有打过败仗的将军，不是一个真正的将军。

一个没有失过恋的男人，不是一个完整的男人。

爱的入口

性和爱不同。性不排他，爱是排他的。

青楼来者不拒，爱巢则让第三者止步。因此，即便是在风月场所，女人可以接受性，但不能接受吻。性可以是一桩买卖，当下交割；但吻却是爱的印鉴，以身相许。

樱唇才是爱的真正入口。

爱得苦涩

假如你在这个世界上只爱一个姑娘，为了她你可以做一切事，那么你爱得深沉。

假如你爱的姑娘，不能爱你，为了她，你不做任何事情，把对她的爱埋在心里，不让她知道，那么，你爱得浩瀚，虽然苦涩。

苦难开花

失恋使男人受损的，主要不是快感，而是自信心、自尊心和价值感。

为了找回这些东西，一个男人可能要以十倍的伤感、百倍的勤奋和千倍的疯狂，去工作，去奋斗，去重建其人生的丰碑。这样，也许是无意地，也许是有意地，让那个曾经拒绝他的爱的女子看到她亲手播种的苦难所开出的绚烂的花。

所以，女人不仅以她的爱，也可能以她的不爱，通过男人推动世界。

爱是洗涤剂

爱的最终后果，是洗涤自己。所以，不能爱的人是不干净的。从某种意义上说，爱是洗涤剂。

你爱了吗？

当你觉得付出比获得更使你快乐时，那你就是在爱了。爱是忘我的。

美人为什么冷

漂亮姑娘都是冷冰冰的。这不奇怪。从纯自然的角度说，花鲜、人美都是对采撷者的一种无言邀请。花对蜜蜂的邀请是无选择性的，人对异性的邀请则是有选择性的。漂亮姑娘用美邀请她的意中人，但用冷来拒绝其他追逐者。

问题在哪里

我的一个朋友说，他的问题是不该和那个要离婚的女人结婚。我说，问题不在于你和谁结婚，也许结婚本身就是问题。

爱是被创造出来的

在常人只能爱一次的地方，有想像力有创造的人能爱四次。第一次是想像，第二次是现实，第三次是回忆，第四次是艺术创造。

第一次是梦，第二次是沉醉，第三次是回味，第四次是永恒。

因此，爱的能力也就是创造的能力。爱是被创造出来的。

不缺美，缺德

现在，不缺乏爱情，缺乏的是可持续的爱情。让爱情产生的是美貌和才情，让爱情持续的是美德和灵魂，我们缺少的正是它们。

美女与陷阱

美女总是和陷阱有关，不是自己掉进别人的陷阱，便是让别人掉进自己的陷阱；不是自己成为别人的猎物，就是让别人成为自己的猎物。

女人与猫

女人与猫只有一个不同之处：女人喜欢旅游，但猫不喜欢。

开屏的孔雀

情侣像一对开屏的孔雀，婚前互相看到的是尾巴前面的部分，婚后才能看到尾巴后面的部分。后面虽然没有什么美感，但更真实。

彼此彼此

女人的眼泪与男人的誓言是等价的。

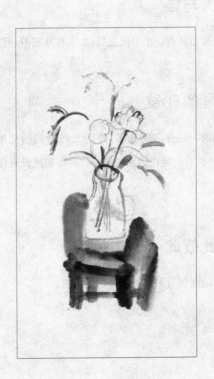

风景都在异乡

屁股前进的方向

腿为何物？用于退让的肢体。人有时候用脸前进，有时候要用屁股前进。古人说，退一步海阔天空，那就是屁股前进的方向。

带井的蛙

现代的井底之蛙并非只待在原地不动，它也出远门旅行，但它仍随身携带着它的井。

它每到一个地方的第一件工作，就是挖井，然后住进去。在海边也是这样。现代的井蛙不会望洋兴叹，海对它是危险的。它根本就不看海。

顺便提一句，在旅行和挖井的过程中，它总是闭着眼睛的。所以对它来说，天依旧只有巴掌大，它仍然可以一手遮住。

事事不顺是常事

朝路边的一辆"的士"走去，它刚停下来，乘客和司机都在为100元的大票破不开而着急。

我解决了他们的困难，上了车。

"真邪门儿，"司机说，"你有零钱时，打车的也有零钱；你没有零钱时，偏偏他也没有零钱。"

"这就是生活呵！"我说，"常有这种情况，你带了钥匙回家，你妻子总在家；只有一次你忘了带钥匙，口中吹着流行小曲回家，她偏偏出了门。这类事你不少遇到吧?"

"真的。"他说。

人走运时,事事凑巧;人倒霉时,事事不巧。

但人不会总是走运或总是倒霉。要紧的是走运时不要牛气、神气,倒霉时不要生气、泄气。能如此,则近乎得道。

没有力量,美就是不幸

越南宏基省的下龙湾被称为海上桂林,不是浪得虚名。但这么美丽的海山,却没有同样美丽的人生与之相称。它的历史充满伤痕。

山河多娇人多难,江南三月寇盗侵。如果没有足够的力量,美就是不幸。

登高能缓解心痛

登高能缓解内心的苦闷和悲痛。

绝顶之上,天地浩大,自我渺小,自我的烦恼也就变得微不足道了。油然而生的是浩瀚的哀愁和悲悯。念天地之悠悠,悲我生之一瞬。

挤出时间来追求永恒。

人的使命

我坐在飞机上,在古人幻想的高度上飞行,飞向我自己幻想的高度。从幻想飞向更高的幻想，这是人的使命。

美是一种机遇

有急事去上海，又没有买到飞机票，只好绕道石家庄登机。

奔驰车奔驰在京石高速公路上。突然前面的路坡一片殷红，仿佛流淌着霞光。那是比枫叶更火红的藤生植物的叶片把路坡铺满。

不期而遇的美景，在深秋，在路上。这个地点，这个时间，完全是偶然。

于是，我想，真，可能是一种探索；善，也许是一种修炼；而美，则是某种机遇。

渴望远方

在天上，闻到了大地的芬芳；落了地，升起天空的梦想。

在地上，仰望天空，白云是天堂；在天上，俯瞰大地，白云是故乡。

人类的渴望永远在尚未到达或已经离开的远方。

故乡等故人，幸福又忧伤

窗外是故乡，是深秋，是蒙蒙细雨，我坐在屋里，等待故人来访。此时的心情，是幸福，也是忧伤。

对立的和谐

在山东境内旅行。山水相连，美感绵延。

很多人不能容忍表面上看起来是相互对立的东西。山与水是对立的，但山水映照，展现的是一片美好的风景。

只要有大自然的胸怀，世界上没有装不下的东西。对立，不过是一种有张力的和谐。

幸福与不幸的简单定义

陪人到医院看病，看到了许多暗淡、苦凄的面孔，从最简单的意义上理解了幸福与不幸的含义。

幸福是有钱没病，不幸是有病没钱。

拥挤的地方未必有福

乘出租车去看一个美国回来的朋友，抄小道反而被堵住了。司机说："别人可能也像我们这样想，认为这条道不堵车，都走这儿，结果恰恰堵住了。"

这是生活中又一个普通的哲理：人人都认为不堵车的地方必定堵车。因为这不是一个认识问题，而是一个利害问题。

人人都规避的地方不一定有害，人人都奔趋的地方不一定有利。

焦急等待的东西都来得慢

因雪航班延误。机场供应早餐,是一盒方便面。大家排队等开水冲面,饮水机里的水已经烧到了 85℃。

"还要等多长时间水才能开?"有人问。

"大概 5 分钟吧。"有人答。

目光集中在刻度表上。1 分钟过去了,指针似乎没有动。

"为什么这么慢?"一个姑娘问。

"因为你在等。"一个大嫂答。

毕竟是等待过一些东西的人,答得很有经验。世界上凡是你焦急等待的东西,都来得慢,比如约会的情人;凡是你竭力挽留的东西都走得快,比如如花的青春。

日常修为

几乎在飞机上坐了一天,等刷雪车来给飞机清理积雪,否则不能起飞。心里十分焦躁。

就我自己的心情而言,我可以在飞机上坐一年,只要有书、有笔、有纸、有饮食。此刻的焦急来自我上海公司的等待。

倘有对外物的追求,要保持心情恬淡就很难。但没有这种追求,没有心潮波澜,恬淡的心情就会枯寂。

在焦躁中修炼出宁静,让枯寂复苏为恬淡,于闹市里见出丛林,是更难的一种心理平衡能力,是一种日常修为。

无害才有美

清晨出门,奔赴机场,又是漫天大雪。审美情趣刚刚萌芽,就被担忧的镰刀收割干净:今天的飞机能否起飞?

美有时并不实用,甚至有害。满天大雪,能让温室里的骚客品茗赋诗:"雪满山中高士卧,月明林下玉人来";也可能让汽车飞机失事,或让陋舍的寒士哆嗦苦吟:"安得广厦千万间,大庇天下寒士俱欢颜。"

修女也可能偷人

坐飞机从重庆回北京,飞机上的电视里在放映一个宣传性片子,讲一个打工妹登机后突然发现丢了全部的血汗钱,乘务员首先解囊,其他乘客也都纷纷捐助,很感人。

这一刻你感到人生很美好,但另一刻你会另有感触。据报道,在济南街头,一个老农在风中散落了1万多元卖粮款。过路人纷纷抢拾,不是为老人,而是为自己。经干预,还是有2000元不知去向。

并非济南人比那架飞机上的乘客坏。不同的情势,造成了人们行为上的差别。众人的行为,不会一直好起来,也不会一直坏下去。坏的情势到了,修女也可能偷人,如同霜气一降,松柏也会萎靡;好的情势到了,妓女也可能救人,如同春风一吹,荆棘也会开花。

要想有好的行为,先造就好的情势。

风景都在异乡

朋友说,天下的风景都在瑞丽,瑞丽人还要出门旅游看风景,让他费解。

朋友不知道,家乡没有风景,风景都在异乡。

是的,"他乡没有美酒,没有九月九",但他乡有风景,"外面的世界很精彩"。

想亲情回故里,看风景走他乡。

被放大的稀缺

西南人轻山重水。一座大山称为"坡",一片小水称为"海"。诗人海子可能明白,"海子",其实就是一片小湖。

人总是放大那些稀缺的东西。诗人,就是放大痛苦或欢乐的人。

还会有英雄时代吗?

旅行车的音箱里飘出轻柔的"文化大革命"时代的歌曲,完全是情歌唱法。朋友称之为"红歌黄唱",其实是"刚歌柔唱"。

一个严肃的时代过去了,一定会通俗化;一个僵硬的时代过去了,一定会轻柔化。柔极生刚,我们还会迎来一个英雄时代吗?

毁灭是昌盛的近邻

参观大足石刻。据说此处石刻从未受到人为破坏，"文化大革命"中的毁灭没有到达这里，因为当时没有路。

世间的事便是如此，昌盛找不到路的地方，毁灭也找不到路。离幸福远的地方，离灾难也远。侯门的后门常常就是墓门。韩愈笔下的那个瓦工王承福早就看破了这一点：朱门不三过，三过皆废墟。

忠诚需要实力

深入一家院落，一条狗在铁门内狂吠起来，对入侵者发出严重警告，恪守对它主人的尽忠承诺。

我朝它猛扑过去，试验它的勇敢。它只后退了两步，以更加勇猛的姿态向我进攻，牙齿在夜色中射出寒光。

忠诚需要勇敢，也需要实力。

分量

和著名摄影家张桐胜一起去读他的摄影作品《黄河》。它往那儿一摆，所有其他的照片都会飘起来。

这就是分量。分量不仅来自事物本身，也来自看事物的角度与瞬间。

道理都是相对的

津津乐道的东西，有时只有部分道理。

参观上海民办的浦发中学，校长冯恩洪介绍他的教育思想："我不许教师公布学生的考分。我把考分当作学生的隐私，隐私要保护。"

我说："低分是隐私，高分是荣誉。保护这种隐私，可能是保护落后。"他也同意。

道理都是相对的，行动必须绝对。不幸的是，某些为自己行动辩护的人喜欢用权力把相对的道理变成绝对。

这是我们这个世界难以完美的原因之一。

大人物不宜做小动作

在中旅大厦等人。

这是一栋设计得不伦不类的大楼，像幽灵的城堡，甚至是鸽子的樊笼。不协调感来自外立面的破碎和零乱。这种手法用在小建筑物上可能很美，用在大楼上就像绅士穿上了小姑娘的百褶裙。

小楼不能用大块面，大楼不能用小装饰。这就如同大人物不能做小动作，小人物不要上大舞台。

没有家的人才出家

临出门，好像忘带了什么。出租车开出两公里，才想起忘带钱了。回去拿，耽误了 20 分钟，损失了 10 元金钱，心里很不舒服。

忽然想到,遗忘有助于修道(连自己都忘掉最好),却有害于求功(记不起公理连大学都上不了)。有利于"无"的东西妨碍"有",不利于"有"的东西促进"无"。怪不得没有家的人才出家,像慧能大师。

这可算是一种思想获得。失去时间金钱,得到一点思想,这是一种转换。能这样转换的人,在生活中,不会有纯粹的丧失。失去物质,得到体悟;失去实,得到虚,这也是人生的一种平衡。

想到此,我又愉快起来。

桃花源是因为迷路而发现的

一生都走对路,可能正确而安全,但绝没有奇遇和惊喜。走错了的路,可能把你引入一片意外的风景,有如仙境。桃花源是因为陶公迷路而误入的。

先入为误

今天乘出租车从重庆饭店去魏公村。司机到蒋宅口直奔北三环路。

"为什么走三环?"我没好气地问。

"你说怎么走?"司机反问道。

我心里想着二环,便说:"走二环。"

上了北二环路后,司机问我:"你觉得从北三环左拐到魏公村比从二环右拐到魏公村更远吗?"

我想了想,无言以对。我选择的路,不仅更远,而且更堵车。

先入为主阻碍了我进行正确的选择。让大脑空一点,可以少犯一点错误。

看来,所谓先入为主,其实是先入为误。

交通死了,饭店就活了

我一直觉得中国大城市的饭店多得出奇,找不到原因。今天总算搞清楚了。

早晨访友,9点钟出来,11点钟到,一切正事,只好饭后才说。

在特大如北京这样的城市出行,出来早了,走得慢(高峰期),出来晚了刚好赶上吃饭。

交通死了,饭店就活了。我赞成交警到各饭店免费午餐。

以不同之心处不同之事

朋友法生送我回京,遇雪。车开不快,司机怕误飞机,很着急,额头上冒着热气。

我劝他安心。如果赶不上飞机,那是天意。下雪不是我们能阻止的。

法生问我,孔子有听天由命的心情,也有明知其不可为而为之的心劲,二者如何统一?

我以为,自己努力不可及的事,听天命,这是恬淡之心情;自己努力可及但难以成功的事,尽人力,这是发奋之心气;失败了不仅有道义价值,而且对后人有铺垫意义的事,就要明知其不可为而为之,这是勉力之心劲。

三事三心,不知可得圣人意一二否?

成功在追求他

在济南遥墙机场,邂逅我的一个小校友。他研究生毕业后,侨居加拿大,现为一家美国大公司做投资银行业务。

他说他刚从轮椅上站起来,一年多以前他中风偏瘫,与死神接过吻。许多像他一样的老外都死在轮椅里了,是中国文化的遗传基因救了他。当老外不能面对残酷现实,成天哇哇大叫时,他的心却静了下来。他在轮椅上悟到了功利心过强对人生的伤害。

他失去了功名感,重获了健康,他成了一名不信教的教徒。

他现在不追求成功,不过,成功正在追求他。

学不会平等,就学不会做人

一个国外回来的朋友告诉我,他在国内很少能碰到一个既有自尊又有热情的服务先生或小姐。他们要么凶恶,要么自卑。

这确实是某些中国人的问题:不习惯平等待人,不做你的老爷,就做你的仆人,就是不做人,平等的人。学不会平等,则学不会做人。

小牌如何才有大作为

和几个朋友在香山散步。走进双清别墅,心情别样。毛泽东曾于1949年在这儿驻跸。墙上有不少历史图片陈列,其中有一张毛泽东和他的警卫员们的合影,如今很出名的李银桥就站在很显目的地方。

"这就是李银桥呵,看上去,和今天在外边混世界的任何一个打工仔没有两样。"一个朋友说。

这有什么奇怪,樊哙曾经屠狗,张飞也曾杀猪。他们单个人在社会中的位子,大致相当于小"3"子在扑克牌中的位子。打升级,也有轮到它做主的时候;如果规则允许连甩,如果是同花顺,"3、4、5、6、7"组成的集团,可以轻松击败无序的大牌,甚至"J、Q、K",甚至大小王牌。

如果你在生活中也是一张无足轻重的小牌,你就要寻求进入某个序列。一个成功序列中的最后一张牌,胜过失败组合中的头一张牌。这就是历史。看看赵高的狂劲儿,再读读李煜的"流水落花春去也"的哀吟,就明白此言不虚。

磨难要你

昨夜外出打车,在寒风中鹄立 20 分钟,车如洪流雪崩,但没有一辆出租车是空的。不知道出了什么事,离本世纪的最后一天还远,末日审判不会提前进行吧?

终于上了一辆出租车才知道,确实不是末日审判,是圣诞节前夜。

中国人一般不信上帝,但不妨碍他们过圣诞节。信上帝是要付代价的,过圣诞节则只有快乐。如今,真正"全盘西化"的只有过节:西方的节日全过,除了圣诞节,还有情人节,母亲节……

其实,无论哪个民族,节日都来自苦难。要节日,不要磨难;要快乐,不付代价;要结果,不要原因,这是一种取巧的民族心理。殊不知,你不要磨难,磨难要你。我们过去没有躲过灾难,今后,也不会全是节日。

常有这种情况，一个为众人所唾弃的男人，

偏偏被一个出色的女子所深爱，

那男人想必具有只被那女子所发现的特殊价值。

我的一个朋友说，

他的问题是不该和那个要离婚的女人结婚。

我说，问题不在于你和谁结婚，也许结婚本身就是问题。

小材不可大用

送我们从广州到珠海的司机，曾经是开大卡车的。他说开小轿车，对他来说，就像开玩具车似的。

如果说大陆是大卡车的话，台湾就是小轿车。开过大陆这辆大卡车的人，就能玩儿似的开好台湾那辆小轿车。

大材小用，有时比小材大用好，至少不会翻车。

国人三好

游澳门，朋友告诉我，世界各大赌场中，最多的是中国人；泰国色情场所中，最多的也是中国人；当然，消费各种补品的，还是中国人最多。

这又是一种取巧的民族心理。赌，是不想劳作而获得金钱；嫖，是想取消爱的艰辛、烦琐和责任而直接获得性的满足；补，是要省掉锻炼的劳苦而拥有健康。

烧开水，我们不烧前面的 99 度，只想烧最后 1 度。我们不想爬山，就要到达顶点。

结果呢，第一，快乐很浅，快乐的深度和支付的痛苦深度是相称的；第二，快乐短暂，一到顶点，就会跌落。

苦难的纪念碑

耶稣会广场牌坊，是澳门的标志性景点。它是一座被烧毁的

教堂仅剩下的门面。纪念装置里珍藏着断石残骸和人骨残骸，诉说这儿曾经经历的苦难。

这是一座信仰的纪念碑。信仰的纪念碑不可能是别的，只能是苦难和废墟。

乞丐的贡献

澳门妈祖庙门前罗列乞丐，其数量几乎不少于庙里供奉的神祇。神祇得到缥缈的香烟，熏黑了自己的面孔；乞丐得到实惠的金钱，充实了自己的家产。

乞丐在这儿是一种职业，一种提供施舍机会的职业，以满足看不透这种职业的香客表达善心的需要。行乞在这儿也是一种产业，它行销的产品是慈善。

这也是一种供求平衡，所以和谐：香烟缭绕，乞丐环列，香客盈门，世界完美。

自由是最大的投资

陪同我们游澳门的蔡总说，几年前来澳门，有点自卑；现在来澳门，有点自豪。珠海的繁荣差不多已赶上澳门。政府并没有增加投资，只是增加了自由。

看来，自由是最大的投资，它的收益是繁荣。中国二十多年改革，国家投入最多的不是资金，是自由。资金是自由的影子，资金跟随自由，如同影子跟随阳光下的竹竿。

莫扎特成了狐狸

别只跟着书本流淌

治学有两种方式：一种是沉浸的方式，跟随每本书的河流流淌，经过整个流域的每处河岸、每棵花草，经历作者的喜怒悲欢；另一种是融合的方式，待在每本书每个思想体系的入海口，像海洋，让后来者汇入先到者的万倾波涛。

登上思想之河的源头

学习思想，要待在思想之河的下游，以便百川汇海，有容乃大；创造思想，要登上思想之河的上游，以便居高流远，开辟一条大流域。

茶壶多了，好茶少了

报刊、杂志、书籍越来越多，思想家、著作家越来越少。这就如同茶壶、茶杯不断增加，而好茶、名茶日益减少，泡给读者喝的茶饮料自然越来越淡，味道也就越来越低劣了。

只有坏的读者，没有坏书

对于一个好的读者，世上没有一本坏书；

对于一个圣徒，世上没有一个坏人；

对于一个能把持住自己的人，世上没有不能经历的事情。

还在读书的人就有指望

只要还在读书的人，就不会彻底堕落，彻底堕落的人是不读书的。虽然通向天堂的道路未必经过书房，但通向地狱的道路肯定不是书铺成的。

传世的诀窍

陆锦川老师说过，书不能写得一看就懂，也不能写得一点都不懂。

能传世的书大多在似懂非懂之间。

好雨好书好时光

下雨了。

窗外有一场好雨，手中有一本好书，就能度过一段好时光。

读书读心读自然

闲暇时，有书读书，无书读心，无书无心读自然。

进美容院不如进书店

最好的美容术是读书。

都是好书

孔孟的书是写给做官的人看的,老庄的书是写给做人的人看的。

没时间读书,更没有时间读人

现在能从头到尾读完一本书的人已经很少了,能从头到尾读完一个人的人更少。

少往思想的茶杯里加水

垃圾高产可能是真的,思想高产也许是假的。思想是一杯茶,一定要高产,只能多掺水。茶,一开是金,二开是银,三开四开就有点铜锈味了。思想的茶还是少冲几开好,像《道德经》,是上好的功夫茶,散发着亘古的清香。

最伟大的思想家写的是识字课本

通俗是思想获得成功的关键因素之一。先秦诸子,孔子最通俗;后世学者,朱熹最通俗,他的《治家格言》,差不多就是识字课本。

思想不是一头肥猪

就思想而言，比极端更可怕的是平庸，比片面更可怕的是全面。思想是一把利刃，用来切割事物的表面；而不是一头肥猪，让别的东西来切割。

毫厘之间

真理似非而是，谬论似是而非。

表达的痛苦

在精神世界中，人有两种痛苦：社会性的痛苦和自我的痛苦。

能自我表达而社会不让你表达，这是社会性的痛苦；想表达而找不到相应的表达手段，这是自我的痛苦。

社会性的痛苦是暂时的，自我的痛苦是永恒的。

德国人是凿子，中国人是橡皮

德国人和中国人都爱好哲学。德国人在没有问题的地方凿出问题，中国人在有问题的地方擦掉问题。凿出问题是为了分别事物，擦掉问题是为了进入无差别境界。

追不回的闪电

你能追回一道闪电吗？当然不能。所以，请随时记下你稍纵即逝的思想吧！

差别只在一小时

人与人的差别，每天也许只有一小时，甚至几刻钟。在吃饭、睡觉、洗漱这些平均时间支出之外，在剩余的一点时间里，有些人在闲散，有些人在放荡，有些人在破坏，还有些人在思考、在学习、在创造。

伟人与常人的差别，就是这么一小时。有这一小时，杰出人物；没这一小时，芸芸众生。

智慧点豆腐

知识是豆浆，智慧是卤水。知识很多，智慧很少的人，总是一盆豆浆，点不成思想的豆腐。

精神分工

精神工地上有三种人：思想家、理论家、学者。思想家是设计师，理论家是建筑师，学者是装修工。

信仰是哲学的终点

哲学始于怀疑，终于信仰。

智慧的成本

痛苦是智慧的成本，愚蠢是幸福的代价。

苦难是一把小镢头

苦难是一把小镢头，能挖深思想；快乐是一根老头乐，可以挠痒。

智慧是水

知识是死的，可以学到；智慧是活的，只能悟到。知识是山，必须攀登；智慧是水，应该虚怀。

遮学

哲学用于探询，让人聪明；用于辩护，让人愚蠢。在哲学成了饭碗的年代，它是为蠢事辩护的学问。于是，哲学成了遮学，为权力遮羞的学说。

三个"凡是"

凡是书本上能学到的东西都不难,凡是钱能买到的东西都不贵,凡是路能到达的地方都不远。

文化的果实

近代圣人曾国藩不是天才的闪电,而是文化的果实,他一生中依次获得了儒家的忠信、法家的严明、道家的柔让和佛家的大度。在他身上闪烁的是中国四种主要传统文化结晶体的光辉。

死肉与活肉

好多汉字都是在哲学的汤里煲出来的,比如"腐"字。腐从府从肉,意思是说府第里的"肉"容易腐烂。如果是死肉,用得上杜甫的一句诗:"朱门酒肉臭,路有冻死骨";如果是活肉,用得着英国哲人阿克顿的一句名言:权力导致腐败,绝对的权力导致绝对的腐败。

看来,东西方文化是相通的。

足球与政治都是一种艺术

看足球、看政治,都是一种艺术享受。

足球是一刹那的艺术,政治是持久的艺术。

足球艺术的最高境界是精彩的临门一脚，政治艺术的最高境界是顽强得永远不倒。

思想繁殖

最近，电视里在播《司马迁》。司马迁在宫刑之后，失去了生理上的繁殖能力，所以思想的繁殖能力特强；他断绝了自己氏族的子孙，但繁衍了中华民族精神的子孙。

这大概也是人生的一种补偿机制在起作用。

猫爱上了耗子

所有的艺术，都在可能与不可能之间，表现的是可能中的不可能，比如火结了冰；以及不可能中的可能，比如猫爱上了耗子。

抓住开端就抓住了永恒

万物无时无刻不在开始，无时无刻不在结束。伟大的创作总是抓住万物开始的时刻，也就是永恒的时刻。

聋哑人的歌声在他的作品里

完美的作品往往是有缺陷的人创作的。跛子健步如飞的腿和聋哑人夜莺般动听的歌声都在他们的作品和梦里。

大理石雕刻出圣母的哀痛

力图在有形中见出无形的不只是雕塑家（比如用大理石雕刻出圣母的哀痛），努力在无形中见出有形的也不只是音乐家（比如用音符描绘出春天的田园），而是所有艺术家的不倦追求。

被当作狐狸的莫扎特

莫扎特被富贵所拒绝，死于贫困；他的音乐却受到富贵的欢迎，活在豪华的客厅。这是我们人类行为的习性。犹如我们的贵妇人，不要狐狸，但要狐狸的皮，为了让自己风骚。其实，依我看，狐狸皮穿在狐狸身上，要比穿在贵妇人身上风骚得多。

在棋盘上的不只是棋，也是人

棋艺中有文化。

国际象棋是在中国象棋的基础上发展起来的，注意到二者的差别颇为有趣。中国象棋是字，国际象棋成形，字留在中国，形可以"国际"。

中国象棋的"将"、"帅"颇为高贵也颇为无能，只在宫殿里活动，或者说只会"窝里横"；国际象棋的"王"和"后"能上能下，可以上前线冲锋陷阵。

中国象棋的兵永远是兵，而且只进不退，即使去送死；国际象棋的兵一到了对方底线就称王，阶级之间的界限并不永恒。

看来,在棋盘上活动的不只是棋,也是人。

足球与民主

在足球场上踢球的不止是 11 个球员,还有一个看不见的前锋是经济,一个看不见的中场球员是政治,一个隐身的后卫是文化。

我的一个朋友说,搞不好民主的国家也很难搞好足球,他说的就是某个球员的缺席。

骨瘦如柴,就别忙着减肥

目前,我国吵吵闹闹的文学艺术流派不少,有的在嚷嚷什么"后现代",有的在标榜"反文化"。让我纳闷,中国还没有实现现代化,哪有现代可"后"?"文化大革命"使中国几乎变成一片文化沙漠,何来文化要"反"?

人家肉吃多了,发胖,要吃点减肥药是可以的,你老人家骨瘦如柴,也要吃减肥药,就有点幽默了。

幽默需要空间

幽默需要空间。

拥挤的日本缺乏幽默感,而幽默成了生活必需品的美国人,都生活得很宽松,当然不只是指可视的空间。如果没有广大的海外殖民地,英国也成不了幽默的故乡。一点一点地丧失殖民地的英国人也在一点一点地丧失幽默感,虽然还高贵,但已逐渐刻板。

时间是个没有屁股的客人

语言贵在有可触摸感，有听觉和视觉效果，贵在有戏剧性。有个演戏的朋友这样说时间："时间是个没有屁股的客人。"意思是说，你不可能请时间坐一会儿，时间不住旅馆，你坐下来，他就走了。要留住时间，就得与它同行。

不写诗的诗人

写诗的不一定都是诗人，比如乾隆；诗人不一定都写诗，比如萧邦。

走不出棋盘的胜利

中国的围棋是参悟人生的工具，不是争胜夺赢的武器。棋盘上的胜利者，可能有一个惨淡的人生。

诗的语言是水晶

什么是诗的语言？

其词语的数量之少无可再减，其构筑的空间之大无以复加。诗歌就是用最少的语言材料建一座最大的水晶宫殿，在其中供奉自己心中的女神。

俄罗斯文学的魅力

俄罗斯文学的魅力与其祖国的地理位置有关：连接东方与西方，横跨欧洲与亚洲。

西方文明带来梦想，所以浪漫；东方酿造苦难，所以忧郁。东方的忧郁加上西方的浪漫，合成了俄罗斯文学的特质：海一样深的忧郁，花一样香的浪漫。

诗能通神

泰戈尔把人性提升到神性，纪伯仑把神性普遍化为人性。

帝国消失，诗在流传

诺贝尔文学奖获得者布罗茨基说："诗与帝国对立。"

我想，失败的一定是帝国。帝国消失，诗在流传。

思想者只能孤军奋战

搬思想与搬石头不一样。搬石头，人多力量大；搬思想，人多反而力量小。我的朋友单少杰博士说，创造思想不是兵团作战，而是散兵线作战，说的就是这个理。

思想者只能孤军奋战。

诗人复活

一个社会的死亡从语言开始，一个社会的新生也从语言开始。当一个社会的语言更新发生困难时，这个社会就已经濒临死亡。

所以扼杀新社会的人必定先扼杀新语言。

诗人是新社会的婴儿，在一个濒死的社会里，必然夭折于他的摇篮。

雪莱死了，普希金死了，海子也死了。

等死去的社会像蛇的蜕皮一样被遗弃后，他们会复活。

孤独乃创造之母

人在孤独的时候才会创造。

语言的弹道

语言是用来射击事物、情感和思想的。但最高明的射手都不直接打中靶心，他们的弹道是迂回的，在空中划过美丽的曲线。能这样用语言的子弹射击的人，便是诗人。

高雅始于低俗

一切高雅的东西，都从低俗开始。芭蕾舞女的曼妙旋舞从她脚趾上的老茧开始,优美的诗句从诗人蓬头垢面的苦吟开始,景德镇的美瓷从肮脏的泥巴开始。

高雅是低俗之树上开的花。

读坏书的动力

吸引我把一本坏书读下去的动力是,怕漏掉了其中可能有的好思想。

如何才有一部精神杰作

我们需要骤雨般的激情,朝阳般清醒的理智;我们需要思想的闪电和珠光一闪的灵感;我们更需要蜗牛式的精细探索与老马般的忍耐和不辞劳苦……有了这一切,才可能产生一部精神上的杰作。

痛苦不是货币

美的东西不长久

美好的事物都不长久，因为它缺乏生存能力。

气候塑造人性

天突然冷了。

前两天气温摄氏 20 多度，穿衬衫还嫌厚。一夜寒风，把温度计的银柱吹到零下。北方的气候就是这样，没有过渡。春天转瞬即逝，秋天一晃而过；春天来不及凭吊，秋季没时间感伤。

就是这些寒风中的杨树，也像失恋的情人，树叶赶不上转黄就得飘落，不会患忧郁症。生活在这种气候中的北方人，不是冰雪中的劲松，就是烈日下的骄杨，难得有南方人的细致与柔软，像南墙下逐日绽放的花蕾和田野上渐渐逝去的禾香。

北方人像一篇大文章，不需要过渡段。

气候有时候也塑造人性。

半杯水

如果把世界比作半杯水，乐观主义者看到的是满的那一半，他会说："相当不错，已经满了半杯，还会越来越满。"悲观主义者看到的是空的那一半，他会说："糟透了，杯子空了一半，明天就会见底。"

世界并不改变，改变的是我们对世界的看法。

单数与复数

单数的英雄和复数的人民都是伟大的,复数的英雄和单数的人民却是渺小的。一只狮子率领的一群绵羊,要比一只绵羊率领的一群狮子强大得多。

上帝是象

上帝是一头完整的象,不同的宗教,摸到的是他不同的部分。

如何对待牛

中国式的传道容易失败,因为它坚持对牛弹琴,比如高山流水;西方式传道容易成功,因为传道士都是牧童,比如《圣经》,其实是牧歌集成。

对牛弹琴,是要让人开悟;牧师布道,是要让人虔诚。并非所有人都能开悟,但所有人都可以虔诚。中国的道是要人攀附教义,西方宗教是让教义迁就人。因此,中国的道统难续,而西方的宗教繁荣。

完美是圆

圆是所有存在物的最高形式,至大至小的东西都是圆的。中间体才会有许多棱角。

危机时,才看出一个文明的深度

发生突然事变和危机时,才能看出一个人、一个社会的文明深度。平时,只能看到礼仪。泰坦尼克号出事之前,我们看到的是礼仪;出事之后,我们看到的是文明。

胜利制造敌人

英国一位哲学家说,权力导致腐败,绝对的权力导致绝对的腐败。

美国一位战略家说,财富令人愚蠢,巨大的财富使人大大地愚蠢。

我想说,成功使人疯狂,罕见的成功导致罕见的疯狂。

我还想说,胜利制造敌人,彻底的胜利使自己成为自己的敌人。

什么样的人民长什么样的政府

有什么样的土地,长什么样的庄稼;有什么样的人民,长什么样的政府。

不能结束暴政的民族不能久远

秦始皇留下了长城,隋炀帝留下了运河,文景繁荣了文学,贞观培育了诗歌。暴政能创造工程上的奇迹,仁君则丰富一个民族的灵魂。从未经历暴政的民族很难宏伟,但不能结束暴政的民族不能久远。

历史并不拒绝激情

有人前几年写文章说:"历史拒绝激情。"这如果不是狡猾,便是无知。

英国哲学家罗素说过:单是理智或单是激情都不能成就伟大事业。尼克松说,中国没有毛泽东,不可能燃起熊熊革命之火,没有周恩来,中国将被这把火烧成灰烬。这是说,没有激情,任何伟业都不可能善始;没有理智,任何壮举都不能善终。

历史拒绝的不是激情,而是伪装成雄奇的平庸。

生活中的东西都不完美

在一个朋友家作客,两个美人在场,一个是电影明星,另一个是电视节目主持人,都新鲜活亮,像奶香面包,刚刚出炉。

但是,要把她们的"真身"与她们的荧屏形象划等号,并非易事。那种摄像机前的美是精心栽培出来的。生活中的她们失去了不少光彩。

美必须损失一部分自我才能进入生活,否则只能待在艺术空间里供人观赏。看来,生活中的东西都不完美。

记忆是一座私人博物馆

记忆是一座私人博物馆,陈列着你所经历过的各种人生境界。你在那些最甜美如梦的境界陈列柜前流连不去。

既要有闲暇,还要有空间

象棋是中国发明的,围棋是中国发明的,扑克是中国首创的,麻将也是中国贡献给世界的。

这说明,中国是世界上比较早的有闲国家,也是比较少的把人生当赌注的国家。

有闲,无处赌人生,又不能公开玩,只好在家玩牌、下棋、打麻将,夜以继日,日以继夜。

看来,要想让人生辉煌,既要有闲暇,还要有空间。

慢一点是历史

艺术和做事一样:快一点是新闻,慢一点是历史。

近看是大事,远看是小事

世界上有些事,近看是大事,远看是小事;还有些事,近看是小事,远看是大事。

戴安娜王妃遇难,世界震动,事过境迁,就不值一提;爱因斯坦

一生都走对路，可能正确而安全，但绝没有奇遇和惊喜。
走错了的路，可能把你引入一片意外的风景，有如仙境。

桃花源是因为陶公迷路而误入的。

窗外是故乡，是深秋，是蒙蒙细雨，
我坐在屋里，等待故人来访。
此时的心情，是幸福，也是忧伤。

写作相对论,当时无人知晓,事后才知道,他划出了一个属于自己的时代。

对那些使我们悲痛的眼前大事,让我们远看。

给生活的关节涂点儿幽默

幽默是生活的松节油,没有它,生活的关节会变得僵硬。

多一种陈述,多一点真实

当年,一个被关进伦敦塔里的英国爵士闲来无事,便着手著述,撰写《世界史》。

一日,有两个人在他窗下争吵。第二天,这个世界史学者请他们各自复述昨天争吵的内容。他们所讲的和他自己所听到的大相径庭。爵士转身把他的手稿投入壁炉焚烧,说:"我亲耳听见的东西都得不到证实,何况这些被人多次转述的东西呢!"

这种心情我最近体会到一次。三个朋友(其中两个是一对情人)和我约好一道去香山,他们三个同车到达,但都迟到了。他们各自向我解释了原因,每个人的解释都不一样,几乎没有一点共同之处。

可见,所谓历史事实,不过是当事人按照自己的利益、兴趣、忌讳、见识对有关事件进行加减处理的陈述。一个人一个派别陈述的历史是不可靠的。多一个人多一个派别陈述,历史就多一点真实。

允许子女流出自己的河岸

只有海洋才能了解江河,只有江河才能了解小溪。如果父母不再能了解子女,那是因为子女已经流出了父母的河岸。只有大的东西能够理解小的东西,理解是一种包含。

人多了,什么都少

人多了,什么都少。地少,粮食少,更严重的是高贵与文雅少。

老虎关在笼子里才好看

老虎关在笼子里才好看,大雪下在有火炉的窗户外才美丽。美感必须远离危险和苦难。

真情是金

真诚的情感是一个人的含金量。没有这种情感的人,犹如不含贵金属的假币,没有价值。

痛苦的笑星

某个心理诊所接待了一位病人,他对医生说,他很不快乐。医生建议他多看看某位笑星的搞笑剧。

"我是那位笑星呀,医生。"病人愁眉苦脸地说。

看来,那些给人类带来巨大快乐的人,必定独自承受他自己的全部痛苦。

全面的东西可以用来催眠

能打动人心的东西,往往都是片面的。全面的东西可以用来催眠。

空间小了文化也小

文化与人们生活的空间有关。

欧洲人画油画,是大空间中的艺术,站得近了,只能看到一堆堆颜料。

中国人和日本人画工笔画,是小空间中的艺术,站远一点,就看不清微妙。

欧洲人演奏交响乐,用钢琴,用小号,大空间才能装得下那种澎湃。

中国人要么庭前小奏,要么江南丝竹,要么广东音乐,只有小空间,才能贴近其回转细腻。

别的我想说,空间小了文化也小。

黑白交替

白社会黑了,黑社会就会白,如同白天消逝了,黑夜就会降临。

恶人的优点

善人有缺点,恶人有优点,而且初看上去,恶人的优点多过善人的缺点,否则,他何以得售其奸? 不过,恶人的优点大多是用来引人上当的,像诱饵的美味,像罂粟的艳丽和毒蛇的花纹。

美好的中国人

中国人有丑陋的地方,也有美好的地方。他待客比日本人慷慨,待己比美国人节俭。待客慷慨于日本人,所以有朋友;待己节俭于美国人,所以有投资。有投资昌盛,有朋友不衰。

人成了人的天敌

在自然界中,谁都不是无懈可击的,这才构成了相生相克的生物链条。当人类脱离了这个生物链条时,他自己就掉进了自我相生相克的循环,使自己成为自己的天敌,以维持人类自身的生态平衡。

美的东西大多有毒

美的东西大多有毒。有的美是毒的迷彩,如绚丽的蛇,旨在引诱牺牲者;有的毒是美的武器,如玫瑰的刺,为了伤害侵犯者。

人类中的美也大抵如此。

难以捉摸的中国人

刚买到一本书,《难以捉摸的中国人》,老外写的。我不认为老外能写清楚这个问题,但这个问题确实存在。

中国人的社会行为最教条,个人行为最灵活;在正经事上最难合作,在不正经的事上最喜欢起哄;在骨子里、眼里瞧不起任何人,老子天下第一,表面上可以向一切暴力屈从;最不擅长的是革新,最不能保存的是传统,盖不起新房子,偏偏要拆光所有的旧宅子。

你怎么能捉摸透中国人?

适得其反

公有社会可能提供自利的动力,人们没有自己的东西,所以要把公家的东西变成自己的东西;私有社会可能提供利他的基础,人们有自己的财富,可以帮助需要帮助的人。

坚韧来自短缺

欲望都能得到及时满足的生物是脆弱的,生存能力差;欲望很难得到满足的生物是坚韧的,生存能力强。人也是这样。

地毯可以防止随地吐痰

最肮脏的东西往垃圾堆里扔,最美好的东西往祭坛上献。环境影响人的行为,人们可能在泥地上随便吐痰,但几乎不可能把痰吐在羊毛地毯上。如果你不希望别人随地吐痰,你就在地上铺上羊毛地毯。

借来的光当不了光源

虽然在阳光下都会闪光,但太阳下山以后,便知道谁是夜明珠,谁是玻璃球。瘌痢头终究当不了电灯泡。

好人并非都干好事

世界上许多好事是坏人干的,许多坏事是好人干的。坏人干好事是为了买名,好人干坏事是因为忘形。

恐惧者制造恐怖

恐怖主义行动是恐惧者制造的。

坏蛋破碎时会变成炸弹

当一个坏蛋力不从心时,他就会干出世界上最卑劣的事情。

坏蛋破碎时会变成炸弹。

过去的与过不去的

生活中有许多重要的东西，不能让它过去的东西，如果你轻易放它过去了，在心里，将永远过不去，比如未敢向他表露心迹的爱人。

生活中也有一些讨厌的东西，你想拒绝它，如果由于某种原因你接受了它，在心里，你将永远遗弃它，比如屈从于压力的婚姻。

人与时代互相衡量

每个时代都有自己的度量衡。

魏晋名士是一批走出他们那个时代度量衡的人。一个破败的时代，迷失了自己的准星，以之衡量人物，必定轻重颠倒。

我们怀里揣着一把自己的小秤，上面刻着历史的准星。

在一个伟大的时代，是时代衡量人；在一个渺小的时代，是人衡量时代。

没有无私，只有崇高

没有无私的人，只有崇高的人。卑鄙的人追求短浅的利益，且不择手段；崇高的人追求远大的利益，且求之以道。

没有自己利益的人是没有的。

是人都会败

无敌的拳王泰森倒在了拳台上，1996 年的双料冠军曼彻斯特联队在自己的对手面前城门大开，被一个弱小的土耳其俱乐部队结束了欧洲冠军杯赛主场 40 年不败的纪录。

没有任何人能永远居于一个链条的顶端，所有人都处在相生相克的链条中。状态好，能连克强敌；状态差，会败给弱者。

起点只有一个，那就是上帝。

有过错才有戏剧

看好莱坞电影，我们有时候觉得某些剧中人很愚蠢，行为不合逻辑。实际上，如果剧中人的行为都合逻辑，那就不是一部电影，而是一篇论文。剧中人的主要功用就是犯错误。

戏剧产生于人的过错。人要不犯错误，就不会有任何戏剧性。历史也是这样。

瞬间永恒

多年以前，一位女诗友带她的女伴造访我在厂桥的办公室。她一进门就急忙坐上了我房间里唯一的一只沙发，我和客人都只好坐在床上。我当时纳闷，她今天怎么如此没有礼貌？

她们要离去的时候，她让女友走在自己前面。等她站起身时，一双又臭又破的袜子从她坐过的地方露了出来。她用自己洁白的裙摆替我掩盖了尴尬。这个小小细节，让我久久回味。

她要掩盖的不只是那双脏袜子。

餐桌上的呐喊

在餐厅吃饭，交谈很困难，需要大声呐喊，就餐的朋友才听得见。因为噪音太大，所有的人都在喧哗。噪音引起噪音的加倍，你不大声说话，别人听不见，你的叫喊迫使别人更大声地叫喊。

我去一家俄国餐厅，听见就餐者都在烛光中低声交谈。我坐下来，蹑手蹑脚，生怕惊动了邻座，谈话更是压低嗓音，仿佛窃窃私语，惟恐一个高亢的音节会聚集惊讶的目光，让自己感到尴尬。

文雅导致文雅的循环。

酒杯里的解放

一个酗酒的社会，必定是一个压抑的社会，人们借助酒力才能获得片刻的"解放"。不过，这种解放是破坏性的。

声带可以缓释痛苦

喝醉了。

痛苦得我不断呻吟，甚至大声嚎叫。仿佛痛苦就在肺里，随着呻吟声可以流淌出去，在嚎叫中散发开来。想不到用声带来发泄具有如此功效，藏医中的发音疗法大概深谙其中奥妙。

假如社会也喝醉了酒，或者生病，就应该让人民呻吟。呻吟不得，痛苦会加倍，而且会诱发心理疾病。

分餐其实是分权

中午与朋友一家在一个川菜馆进餐。朋友一家三口口味不同，点菜遇到困难，每个人都固执于自己的选择。

中国传统的饮食文化遇到了个性的挑战：要么牺牲某个人的口味，要么牺牲共同的聚餐乐趣。西式的分餐制解决的不仅是个卫生问题，也是个个人选择权问题。分餐其实是分权。

不要只在酒中烈性

喝过中国的烈性酒，也喝过西方的柔性酒么？请品尝它们的不同。

烈性酒追求喝完后的感觉和眩晕，柔性酒挽留喝它时的味道和情调。

喝烈性酒，特别是一个人喝，是为了忘掉某些东西；喝柔性酒，尤其是两个人喝，是为了记住某些东西。

喝烈性酒，可能是因为要用酒的苦涩来冲销生活的苦涩；喝柔性酒，也许是因为要用酒的诗意来浓郁生活的诗意。

喝烈性酒，聚众喝，是要突破要背叛要兴奋要起哄；喝柔性酒，聚会喝，是要优雅要细语要曼舞要轻唱。

理智在烈性酒中沉沉睡去，心灵在柔性酒里款款醒来。

烈性民族偏爱柔性酒，而柔性民族偏爱烈性酒，都是一种补偿。

但愿我们不只是在酒中烈性。

与酒同眠

宿酒醒来，天色微明，窗外淅淅沥沥下着小雨，小鸟咕咕唧唧说着梦话。蒙眬地躺在床上，心里荡漾着远方的恋人，一会儿醒来，一会儿睡去，睡去又醒来，醒来又睡去……不知身在何处，也不知今夕何年。

这种幸福，天上人间。

酒后水甜

曾经醉酒，半夜思水。费了九牛二虎之力，才从床上爬起来去倒了一杯水，一口喝下去，如饮甘露。今夜又是如此，又饮下半杯甘露。平日不渴，习惯性地喝茶，即使喝的是上佳香茗，也没有这般醇美。

水，只有在你焦渴的时候才甘甜。

舞台与酒

舞台和酒有异曲同工之妙。酒使聪明的人更聪明，愚蠢的人更愚蠢；舞台使漂亮的人更漂亮，丑陋的人更丑陋。

高潮之后

最高的快乐之后，必定是最深的忧伤。

三份幸福

生活给不会幻想的人留下两份幸福；给不会幻想又不会体验的人留下一份幸福；给不会幻想，不会体验，也不会回味的人，连幸福的影子也不留。

幻想、体验和回味都有的人，就有了三份幸福。

最幸福的不是猪

有人说世界上猪最幸福，这是不对的。猪不知道什么是不幸，也根本不懂得什么是幸福。

有人说世界上猪的心里最宁静，这也是不对的。猪不能体验什么是烦躁，也就根本不能体验什么是宁静。

离不幸和纷扰有多远，离幸福和宁静就有多远。

美好就在身边

我长这么大，只学会了两件事：一是发现美好与幸福的生活就在身边，在每时每刻；二是不刻意追求任何东西，该来的来，该去的去，所谓花开花落，云舒云卷。

不过，不刻意，从刻意中来；平常，从不平常中来。从崎岖方能归于平淡，从挺拔才会回到徐缓。

床与梦

好梦是在坏床上做出来的，好床上常常没有睡眠。

花钱买流汗

美味让人愉悦，吃多了就会生病；休息让人放松，老歇着就百无聊赖；流汗让人难受，总不流汗人就憋闷。所以，在空调房间里不流一滴汗的白领，要花钱到健身房去买大汗淋漓。

当舒服变成难受时，难受就变成了舒服。

两种文明

西方文明是理性文明，善于表达，逻辑性强，便于操作世界，倾向于入世、外化与扩张；东方文明是悟性文明，长于反省，穿透力强，利于修炼自身，趋向于出世、内敛与返本。

因此，悟性文明不能理性化，趋于停滞；理性文明不能悟性化，趋于堕落。

美的心境

王尔德说："世界上并不缺少美，缺少的是发现。"但要发现美，必须有美的心境。

距离也产生自由

美好的人生来自对距离的把握。

恰当的距离能产生美感、安全感和自由度。离名画太近，你看到的是一堆堆颜料和斑斑的色块；离美女太近，你只能看到放大的皱纹和根根汗毛；离社会、政治和前面的车辆太近，你很容易撞车；离友人、情人太近，你会丧失自由。

太阳是温暖的，靠近它试试。

没有完美

上帝是公平的。

他给富人以好食物，给穷人以好胃口；给大人物以矮小的身躯，给伟岸者以卑微的灵魂；给馥郁的桂花以可怜的形貌，给没有香味的牡丹以天仙的姿色；让恶人得到诅咒，但用享乐补偿；让善人获得赞美，但用痛苦折磨；让强大者独处，让弱小者群居；给无爪牙者以翅膀，给不能飞翔者以爪牙……

上帝是公平的。他不让任何东西完美，于是，人类才有了对完美的渴望。

摔碎的花瓶

世界上最好的工匠，也不能完好得原一只摔碎的花瓶。

有牙齿的生活

我每天拥抱生活,亲吻生活,发现生活不只有嘴唇,还有牙齿,咬得我伤痕累累。

我还是每天拥抱生活,亲吻生活。我是生活的情人。

速成的东西靠不住

泡桐长得快,但并不结实。桃花心木坚实珍贵,就因为它为了坚实成长,耗费了许多宝贵时间。速成的东西都是靠不住的,就像你不能用泡桐做栋梁或做华美的家具。

欲望多的幸福少

即使生活给予每个人同样的东西,各人所得到的幸福感并不一样。幸福在于体验。一瓢清水可以让颜回感到甘甜,但膏田丰臀也不能让智伯感到满足。欲望决定体验,体验决定幸福。欲望多的幸福少。

欢乐与忧伤

欢乐达不到忧伤的深度,忧伤达不到欢乐的高度。所以,忧伤太深的人容易消沉,欢乐太过的人难免堕落。

乐观情绪

乐观情绪是精神的健美操。

朋友如故乡

真正的朋友像故乡，可以几年不见，但他永远在你心上，而且十年见一次与每天见一次都一样。

生活的投影

看贝多芬的传记片《永远的爱人》，怅然欲泪。

看来，他在生活中的其他方面都是失败的，悲惨的失败，只在音乐上获得成功，不朽的成功。

他心中有无穷的不能实现的爱，都只能在他的音乐里流淌，如月光。

艺术，大概就是我们无法实现的那部分生活的投影。

人生的花纹

人生的每次伤害，都会在你的心上和大脑的某个部位留下刻痕。只要你的自我之树不断生长，这刻痕就不会断送你此后的人生。相反，刻痕即使继续增加，也只能扩张你人生的花纹。

珍珠是忧伤

痛苦被时间稀释，就变成忧伤。痛苦吞噬你的力量，忧伤把力量吐还给你。蚌母的伤口是痛苦，慢慢成长的珍珠是忧伤。

懒得聪明

幸福需要必有的愚蠢，不肯愚蠢的人，没有幸福。难得糊涂就是难得幸福，要有一点懒得聪明的心情。

美让你后悔

说到相貌，美让你后悔，丑让你成材。

因为美，你是别人的猎物，躲得掉这个陷阱，躲不了那个陷阱；因为丑，你被别人抛弃，你不在这个地方抗争，就在那个地方发奋。

痛苦不是货币

痛苦不是货币，并非对所有持有它的人都是等价的。

带着家旅行

蜗牛是世界上最聪明的旅行者，随身携带着自己的家。

一杯沧海

幸福只能被回味

　　人从来不"感到"幸福，只"回味"幸福。人在幸福之中是什么也不感觉的。只有当幸福消逝之后，我们才恍然大悟：我们也曾幸福过。

媒体是扫帚

081

母鸡爱不上宝石

人不可能追求超过其自身价值的利益，如同母鸡扑向米粒而瞧不上宝石。宝石比鸡要贵重得多。

人贬值，爱也就贬值。今天的爱是"老鼠爱大米"，偷偷摸摸的，苟苟且且的，鬼鬼祟祟的；昨天的爱是苍天爱大地，坦坦荡荡的，昭昭然然的，绵绵延延的。

床上与床下

盛产妓女的地方通常也盛产政客。妓女是床上的政客，政客是床下的妓女。其职业的共同点是，都善于讨价还价；不同点是，卖的东西不一样，一个是肉体，另一个是灵魂。

坏蛋都是好人惯出来的

据说，香港电视剧《义不容情》当年在大陆首播时，那里面有个名叫丁有康的坏人，活活气死了一个有心脏病的老年观众。

在我看来，丁有康作恶多端，先后害死了自己的情人、妻子、养母和侄儿，固然可气，但更可气的不是他，而是他的哥哥丁有健。丁有康干的很多坏事，都是利用他哥哥的同情甚至帮助才干成的。

坏人得势的地方，都是因为好人无能。坏蛋都是好人惯出来的。从这个意义上也可以说，滥好人其实是坏人的帮凶。

掩饰苍白

掩饰苍白用什么？女士们用胭脂，文学家用辞藻，理论家用数据，洋博士用洋文，政客们用感情。

山与人

山之奇在石，山之秀在树，山之灵在水，山之韵在鸟，山之神在云。

犹如人之奇在骨，人之秀在发，人之灵在眼，人之韵在声，人之神在情。

如今，在很多地方，山石碎了，山树砍了，山水枯了，山鸟尽了，山云没了，这就难怪奇人、秀人、灵人、骚人和神人也少了。

想保什么

在饭碗与态度挂钩的地方，只靠一种方式生活的人，要保住生活，就很难保住灵魂。

对立面

对立面只可能被融合，不可能被消除。消除到最后，你自己将成为自己的对立面。

说"不"并不高明

有两种人说"不"的频率最高：第一智商低，第二权位高。智商低，不会通过说是来说不；权位高，用不着通过说是来说不。前者自己走的大多是死胡同，后者让别人走的是死胡同。如果一个人权位既高，智商又低，社会就会变成死胡同。

因此，说"不"虽然痛快，但并不高明。

暗人喜欢站在亮处

总是往亮地方站的人是因为自己太暗，自己很亮的人反而喜欢站在暗处，不仅吐出自己的光辉，还可以照亮别的东西。

明珠不怕暗投，星星不避黑夜。

善良的缺点

善良，对于好人来说是最大的优点，对于恶人来说是最大的缺点。它会让一个屠夫在进行一场毁灭罪证的杀戮时手软，从而最终葬送他的罪恶事业。

空架子

空的东西架子大，比如稻草人。

心里有鬼才见鬼

沉重的人，总想从生活中发现意义；快乐的人，总能从生活中发现乐趣。你在生活中发现什么，取决于你是什么样的人。此所谓"仁者见仁，智者见智"，心里有鬼的人，总能见到鬼。

恶人有做好人的资本

好人越来越少，是因为做好人要花费高昂的费用。实力不雄厚，好人就做不下去，结果自然是做了恶人。能把好人做到底的，大多是恶人。恶人有的是资本。

镜子的角度

镜子中看到的自己并不就是真实的自己，照镜子的人看到的都是对自己最有利的角度。

想巴结你的"镜子"，还会主动为你提供最佳角度。

阳萎是生存的秘诀

有人问我，中国为什么小男人多？

这不奇怪。中国传统文化的精髓之一，就是取消男人。被满门抄斩或诛灭九族的都是很有男根的人。阳萎是生存的秘诀。经过选择性淘汰，男人就小下来了。

不好定价

有一种女人，你把她当贞洁的姑娘，她欠你的，因为她表现得像个妓女，辜负了你对她的关爱、培育和准备给予的更多的东西；你如果把她当妓女，你欠她的，因为你没有按她每次付出的时间支付货币，妓女的时间都是按时论价的。

王小波是瓷器

海子死了，才声誉鹊起；王小波故世，才名满天下。

中国的文人有时像精美的瓷器，呆在阴暗角落里，摔碎了才有声音，然后让人扼腕叹息，惋惜它不能复原的精彩灿烂。

成功者是合成材料制成的

在中国，完全的痞子和纯粹的文人都难以成事。成事的文人是痞子中的文人，成事的痞子是文人中的痞子。

媒体是扫帚

现实中缺少英雄的时候，媒体上的英雄就会增加；媒体上的阴暗面缩小的时候，现实中的阴暗面便已扩大。媒体是扫帚，它干净了，房子就脏了；它脏了，房子就干净了。

风景都在异乡 甲申夏 喜坤

　　朋友说,天下的风景都在瑞丽,瑞丽人还要出门旅游看风景,让他费解。

　　朋友不知道,家乡没有风景,风景都在异乡。

　　是的,"他乡没有美酒,没有九月九",但他乡有风景,"外面的世界很精彩"。

　　想亲情回故里,看风景走他乡。

闲暇时，有书读书，无书读心，无书无心读自然。

升格不等于升值

如今一切都在升格，所以，一切都在贬值。就像纸币，票面值增大了，通货就膨胀。有人说，你走在大街上，不小心一脚可以踩着仨处长；扔一块西瓜皮，说不准能砸着俩教授。

别人的白天没有你的黑夜光明

把别人白天的阴影都集中起来，你会感到他的白天没有你的黑夜光明。

把自己黑夜的亮色都收集起来，你会认为你的黑夜比别人的白天更少一点阴影。

前一种是批判的方法，后一种是榜样的力量。

缺点也能挣钱

你有些缺点改不掉不要紧，要紧的是你要成为伟人。某些缺点，在常人身上令人讨厌，在伟人身上，也许可爱，也许成为话题，甚至可以写入传记，挣一笔大钱。

法规可以截留肥水

法规有两种：一种是立法者制订它、执法者执行它，目的在于减少违法行为，以促进社会福利；另一种是立法者制订它、执法者

执行它，目的在于增加违法行为，把原本不违法的变成违法的，通过制裁来增进自己的福利。后一种法规是一道堤坝，建筑它，是为了截留别人的肥水。

除了本人，都是名牌

我们已经进入一个名牌时代，许多人除了他们的肉体和精神外，全身都是名牌。

规则就像手电筒

中国人不是不要规则，他只是不要对自己不利的规则。规则就像手电筒，是专门用来照别人的。

偏爱短线的钓鱼爱好者

我们这个社会有许多钓鱼爱好者，可惜大多数人都只偏爱短线。

手机是条拴狗绳

高技术给人类带来的是便利，带走的是魅力。

比如手机，它使情人之间的情书成为多余，思念成为奢望，梦想变成了猜忌，等待变成了饶舌。

有人说，BP机和手机是两条拴狗绳，自己套在自己的脖子上，谁牵一下,都得做出反应。自由空间至少被削去一半。

看来,人的脖子,不仅是用来套项链的,也是用来套绞索的。人有逃避自由的天性。

死了才完美

在中国,无条件得到赞美的只有死人,当然,是刚死的人,死久了,名声得不到保证。一些靠翻案吃饭的人,总会吃到他的头上来。

别到顶点

往上爬的中国人有一个特点:到达顶点以前什么好事都干得出来,到达顶点以后什么坏事都干得出来。为了不让自己干坏事,最好永远别爬到顶点。

下降时是个土皇帝

中国农民是英雄辈出的群体。其杰出人物有最可爱的优点,也有最可恶的缺点。

在其上升的过程中,一切优秀品质得到展示:吃苦、耐劳、不怕失败、坚韧、顽强、勇往直前。

到达顶峰之后,在下降的过程中,一切劣根性表露无遗:孤陋、寡闻、固步自封,狭隘、专制甚至残暴。

上升时是个大英雄,下降时是个土皇帝。

肉体拜物教

我们的宗教是享乐，我们的教堂是歌厅，我们的圣诗是通俗歌曲，我们的圣体在裙子里，我们的圣餐在酒店里。我们是快乐的圣徒，信奉的是肉体拜物教。

衣冠禽兽

如果佛教轮回是真理，那么在街上熙来攘往的许多人就是衣冠禽兽。因为动物一天天在减少，人口一天天在增加，禽兽的灵魂找不到禽兽的躯壳投胎，就投入人形。动物稀缺了，人就过剩。

保护动物，其实是保护人的尊严。

空前绝后

中国人的神祇是祖宗，中国人的彼岸是子孙。没有子孙的太监，没有彼岸，所以干坏事没商量。"文化大革命"中为什么坏人那么多？批了孔子之后，全国人都成了空前（不敬祖）绝后（只有革命接班人，没有自己的子孙）的太监。

吃哲学的哲学家

现在的某些哲学家，不是在研究哲学，而是在吃哲学。哲学不再是风帆，而是饭碗。他们不是把自己关在生活的门外，就是把自己反锁在教条的门里。进不去,出不来,成为徘徊族。有人说,人生就是进进出出,这些哲学家没有人生。

表面上的热闹

轰轰烈烈的东西,往往都不深刻。

虚与委蛇

虚伪的人像水蛇一样相互躲避。

把海倒进杯子

不用买和买不到的幸福

有些幸福不用钱买，比如凭栏临风、乘舟望月；有些幸福拿钱买不到，比如贪夜悟道、闻鸡起舞。

魔是道的磨刀石

魔是磨，道是刀。多磨（魔）则刀（道）利。

有与无的尽头

有极生无，无极生有。

无极不能生有便生空，山林中没有佛和道，只有念经人，佛和道都在生活中。

有极不能生无便生俗，鄙俗的王侯将相无数，释迦牟尼只有一个。

似是而非与似非而是

门徒甲问奥修："抽烟时能否静心？"答曰："可。"

门徒乙问："静心时能否抽烟？"答曰："不可。"

对于门徒甲，可能是为了抽烟而玩了一个把戏；对于奥修，则坚持了修道的基本法则。

在一切活动中都可以而且应当静心修道，但静心修道时不可以从事其他活动。

前者由动入静，从有入无，由末返本；后者则相反。

世间万物便是如此，形近神远，或形远神近；或似是而非，或似非而是。

与味觉无关

吃亏是福，吃苦是甜，吃气是乐。

一阵子与一辈子

我亲眼目睹一个出租汽车司机从车上跳下来，用铁棍击倒了一个没有给他让路的行人。不论死活，这个司机终身不能安宁。

忍不住一阵子气，可能要受一辈子罪。

留一点时间给自己

事业与人格是相称的。事业大了，人格不大，很容易被倒塌下来的事业压死。

近代伟人曾国藩创造了惊天动地的伟业，但能全身而退，福被子孙，秘诀就在他每天打坐一小时。

打坐就是留一点时间给自己，与自己相处，自我反省，自我修正，自我加工，非如此人格不能大。

真金不在乎花纹

如果你是真金，你会不在乎别人给你身上印的是什么花纹。

乐观主义者更易成功

所有的冒险家都是乐观主义者。尽管死亡的可能性很大，但他依然认为不能生还的可能性很小。

这就是为什么乐观主义者比悲观主义者更容易成功的一个原因。

攀登自己

登山者攀登的不是山，是他自己的意志。

是葫芦，就不怕被按在水底

如果你是一只葫芦，你就不怕被别人按在水底，你迟早会漂起来的。即使按你的那只手耐力惊人，也会累的。

再说，那只手也有自己的事要做，比如吃饭、上厕所、做爱什么的。

两种尊贵

最珍贵的是贵族身上的平民意识和平民身上的贵族气质。

伯牙和子期的动人故事就是这两种尊贵相遇的经历。

活得多些

很难找到一个完全没有心理障碍的人。一般人只能在一种境界中生活，换一种境界，心理障碍就会产生。

能生活的境界越多，心理障碍越少。活得多些，心理障碍就少些。

贫乃福之门

如果说清贫就是幸福之门的话，富贵就是不幸之门。

对于饥者，一滴雨水就是甘霖；对于满月，半点亏虚就是破败。

对于贫者，得到一点就是幸福；对于富者，失去一点就是不幸。

激情、愤怒和沉醉

有人问我：你自我修炼，达到一定境界，还有激情、愤怒和沉醉吗？

答曰：当然有。不过，激情是理性的激情，愤怒是受控的愤怒，沉醉是瞬间的沉醉。

有一种固执叫坚韧

又问：那你还固执吗？

答曰：固执。但只固执于目标，不固执于手段。不过，对目标的固执，可以更恰当地称为坚韧。

两种自然

又问：你修炼出的那种状态是自然呢，还是不修炼的芸芸众生自然？

答曰：都是自然。不同的是，修炼出的自然是本性的自然，不修炼的自然是本能的自然。

本能的自然更接近动物界。

先静而后大

大气来自静气。不能静的人不能大。

风之道

奥修讲授白云之道，我崇尚风之道。白云之道在天上，风之道在人间。

风和白云一样没有故乡，没有边界，没有目标，没有方向，生于无，归于无。

但风更贴近、更深入红尘，可上可下，可俗可雅，可登芝兰之室，亦可入厕所茅坑。它不拒绝任何境界，也不流连任何地方。

宋玉的《风赋》，文辞虽美，未得风中真意。

性灵无性别

文化会中和人的性特征，文化冶炼的是人性和灵性。修养越好的人，越不男不女。菩萨是不分男女的。

亦山亦水亦我

禅修者说，参禅前看山是山，看水是水；参禅时看山不是山，看水不是水；悟禅后归真了，看山又是山，看水还是水。但此山不是彼山，此水不是彼水。

依我看，悟禅后应当是：看山山是我，看水我是水。

为灵魂折腰

我有一个朋友，不为五斗米折腰，但肯为保住自己的贞操而折腰。灵魂比肉体重要。

当下圆满

人生第一原理是：现在就是永恒，此地就是无穷，此生就是永生，此身就是众身。

让悟性插上理性的翅膀

悟性不能自己表达自己,悟性需要理性和感性来表达。悟性可以直接通过感性表达,如佛祖的拈花微笑,但不能传授,只能心领。悟性文化因此而衰落。它的重飞,要借助理性的翅膀。

盆景人

脱离普遍性的存在物都是暂时的、速朽的,如同不在大地上生长,只在盆子里开花的植物一样,好景不长。

人也是这样。不能扎根于人类广泛渴求的人是渺小的,是盆景人,不能顶天,也不能长久。

痛苦函数

痛苦是自我的反函数。当自我缩小时,痛苦会扩大;当自我扩大时,痛苦会缩小。与天地同形的人没有痛苦。

没有人能让你不幸福

所有的幸福和痛苦都是自己给予自己的。除了自己,没有人能让你不幸福,也没有人能让你不痛苦。福由己造,咎由自取。

幸福有时依赖于等待

看影片《巴黎的野玫瑰》，加深了我对法国人的浪漫印象。姑娘热切盼望自己的男友写的小说能出版，但等待伤害了她，终于疯狂自杀。医院救回了她的呼吸，救不回她的清醒：她成了植物人。

就在这天夜里，她的男友被通知说，小说要出版了。

这个悲剧是不能等待的悲剧。不幸的并不是幸福来得太慢（幸福女神有她自己的步伐），而是可用于等待的耐性不足。

不能创造的人与幸福没有约会，不能等待的人与幸福不能碰面。春天耕耘，秋天收获，其间，隔着漫长的夏季。

幸福有时依赖于等待。

放逐自己

放浪自己与放逐自己是不一样的。

前者是把自己放给小女人，后者是把自己放给大自然。

我渴望对自己有一次放逐。

灵与肉

悟性不能表达自己，必须用理性来表达；理性不能超越自己，最好用悟性来超越。因此可以说，悟性是理性的灵魂，理性是悟性的肉体。

作品如人

作品如人，要有血有肉有骨有灵魂。悟性是灵魂，理性是骨骼，感性是血肉。

少不了的孤独

不能孤独的人，便不能爱，不能创造，甚至不能走路。

对放弃的另一种解释

一个人能放弃什么，主要看他想获得什么。能放弃常人不能放弃的东西的人，一定是想获得常人不能获得的东西。

孔融让出去的是梨，得到的是千古美誉。

人一怒就变成猪

一个愤怒的人和一头愤怒的猪没有多少差别。人一愤怒，全部知识修养、经验学识、智慧理性都荡然无存，只会像猪一样咆哮，但还是逃不掉被屠宰的命运。所以古人很重视制怒。

制住了怒，才能看得见路。

另一种两性关系

要成功,必须有理性;要成道,必须有悟性。理性是外化,悟性是内省;理性是立,悟性是破;理性是过河,悟性是拆桥。

人生的四种成色

成功是获得了渴望获得的东西,成道是丧失掉应当丧失的东西,成欢是享受当下,成仁是垂于永恒。

人生就是由这四种成色构成,少了一种成色,都不完整。

不追求永恒的人没有灵魂

肉体是可朽的,需要快乐;灵魂是不朽的,需要永恒。没有永恒感的人只有肉体没有灵魂。

灵魂上的差别

爱因斯坦说,人的品味通过他的业余爱好表现出来。确实,职业生活至多能显示人在才干上的差别,业余生活才能显示人在灵魂上的差别。

灵魂的消费品

灵魂的消费品——永恒，有很多品种，有彼岸的宗教和此岸的功业。宗教是大众灵魂的消费品，功业是精英灵魂的奢侈品。

倒空你的杯子

人生是一只杯子，舍不得适时倒空它的人，品尝不到不串味的醇正的生活美酒。

平凡的不平凡与不平凡的平凡

平凡的东西，比如砖块，以特定的方式集合在一起，能寻求到不平凡，如不平凡的空中花园和比萨斜塔，万里长城和大金字塔。

不平凡的东西，比如钻石，以特定的方式集合在一起，反而会归于平凡，平凡的贪欲和腐败，富贵和犯罪。

把地狱变成天堂

能享受天堂，也能忍受地狱，这很难。更难的是，你能把地狱变成天堂。

蔚蓝的人

天因为高而蔚蓝,海因为深而蔚蓝,人因为高深而蔚蓝。蔚蓝的人比天高,比海深。

锋利来自必要的丧失

刀要锋利,人要健美,都必须舍得失去某些不必要的部分。

大地的品格

不居功,不图报,所以大地能永远繁茂。

是云不是松

所谓平常心,就是能输能赢之心,赢得起也输得起之心。进一步讲,是能有能无能进能出之心,很像黄山仙人洞口的云,而不是松。

无债一身轻

生活得轻松的人,是不欠别人也从不记得别人欠他的人。无债一身轻,无论是债权还是债务。

如我

我无故我有，是我亦非我。

自由如流水

没有一次性的自由，有如没有一次性的流水。自由是不间断的过程，从一个流域过渡到另一个流域。

三位一体

自由，无为，逍遥，说的是同一个东西。

这个东西，用老子悟性语言说是"无为"，用庄子感性语言说是"逍遥"，用现代理性语言说是"自由"。

灵魂是一

世界归于一。能到达一的艺术作品，人人都会说好；别的作品，可能有些人说好，有些人说不好，这样的作品停留在二、三、四上，自然二者见二，三者见三。

我的好友张桐胜未发表的某些摄影作品，大概是窥见了一，凡见过的都很震撼，那种深度的灵魂震撼。灵魂是一。

地狱是天堂的必经之路

不经过地狱，不可能到达天堂。死后升天堂的人，大都熬过了人间地狱。

不是劝你马虎

事事认真，人生就失去了趣味。

难得一笑的佛祖

孔子不言苦，犹如佛祖不言乐。所以，乐观主义者可能信儒，悲观主义者可能信佛。

成功未必是好事

庄子说："事若不成，则必有人道之患。事若成，则必有阴阳之患。"

人道之患小，阴阳之患大。人道之患及于身，阴阳之患及于国家甚至人的生存。

征服自然不成，经济发展慢一点；征服成了，生存环境坏一些。孰大孰小，不问可知。

你也可以设想，国共内战是抗日成功后的阴阳之患，三年饥谨和十年"文化大革命"是打蒋成功后的阴阳之患。

目标是伟大的悲剧作家

目标一旦产生，悲剧就开始了。目标是伟大的悲剧作家。

实现目标之前，是"烦"，目标达到之后，是空虚。

存在主义者的尴尬，是只追求成功的人格理想的尴尬。

把心头的那把刀放下

忍，不是修身养心的最高境界。最高境界是放下。放下心头
的那把刀，就不用忍了。否则，那把刀迟早要开杀戒，不杀人，就杀
了自己的心。

乞丐的贫穷是要来的

越给越多，周朝的天下是给出来的；越要越少，乞丐的贫穷是
要来的。

上帝只有一个

一个成功者的失败，从他感觉到自己是个上帝的时候开始。

大事用童心，小事用机心

对待世界上最大的事情用童心，对付挣钱谋权之类的小事

情,用机心就够了。

不能被分享的快乐不是快乐

快乐如果不能与人分享,就会变成痛苦。

悲悯的天使

天使忧伤,魔鬼快乐。

健忘与健康

健康的人才能健忘,健忘的人才能健康。

梵高的耳朵与尼采的鞭子

梵高割下自己的耳朵送给妓女,尼采说他要带着鞭子去见女人。天才似乎都有点不正常。也许,过于不正常,就成了疯子;过于正常,就落入了平庸。

养颜先养心

美容之本是美德,养颜之本是养心。

给反面人物一点掌声

没有恶，善就不会存在。善只有在征服恶的过程中得到体现。如果善人让我们感动，对恶人也要有点感激。

如同看一场好戏，在演员谢幕的时候，也要给反面人物一点掌声。

最难是平凡

平凡不一定是圣人，但圣人必定平凡。不平凡不能成为圣人，圣人最难得的就是平凡。

人生如梦

人生过完了是一场梦，梦正在做时，是人生。

有牺牲才有结合

任何人不丧失自己的一部分就不可能与别人结合。榫头和榫眼是两根木头各自丧失一部分后出现的咬合。所谓磨合，就是磨损而后吻合。

不愿意牺牲任何一点自我的人，是不能与任何一个人结合或合作的。

美好的事物都不长久，
因为它缺乏生存能力。美的东西都不实用。

真正的朋友像故乡，
可以几年不见，但他永远在你心上，
而且十年见一次与每天见一次都一样。

裤裆下爬出的名将

在许多情况下,受侮辱比受宠爱更能激发人的潜力,受伤害比受褒奖更能让人奋发。

汉代名将韩信是从地痞的裤裆下爬出来的。

把海倒进杯子

一只杯子是盛不了一汪海洋的。硬要把海倒进一只杯子里,势必泛滥成灾,被淹没的就不仅仅是那只杯子,还有在杯子周围的人。

只有与天地合一的人,才能装得下一片海洋。

美在心里

人人都可以在美的地方发现美,只有心里有美的人,才能在一般人看不到美的地方发现美。真正的美在心里。

让自己活得比苦痛长

一切疾患和病痛都需要时间来医治,问题是我们是否愿意给自己留出足够长的时间。

圆融

水与火是冲突的,但它们以恰当的方式结合,能沏出一壶香茶;猫和老鼠是天敌,但在美国迪斯尼的动画片里,它们共同上演了一幕幕好戏。

在不成熟的人的眼里,到处都是冲突;在成熟者看来,无事不能相融。成熟就是圆融。

平常心没有输赢

人最容易输掉一场他最想赢的比赛,也最容易失败一项他最想成功的事情。世界上永远不会输掉的东西就是平常心,因为平常心没有输赢。

舍小取大

上大学前,我是公社的小干部。公社经常给干部们分些野鸭子或鱼什么的。我经常不去拿,父亲和兄长说我傻。

我当时不好意思告诉他们,只有想要大东西的人,才会舍弃小东西。我现在常常看见一些追逐小东西的人,知道他们不想要大东西。

逐小得小,舍小得大。

肯做苦难的学生

我承认，苦难是最好的老师。但首要的是，自己肯当它的学生。

如果行善也有利可图

如果行善也有利可图，世上就不会有作恶之人了。

吹大的东西容易破

一做自己，二做别人

做官、做生意、做学问，归根到底都是做人。

做人，一是做自己，二是做别人。做自己是自我修炼，做别人是成为别人，像别人那样思考。

三种不够朋友的人

我们在多大程度上帮助了朋友，我们才能在多大程度上指望朋友的帮助。

不够朋友的人是指那些不能同等程度回报帮助他的人，以及那些不帮助朋友却要求朋友帮助的人，以及那些把帮助当诱饵，要求朋友给予超额帮助的人。

做一个文明人从守时开始

守时不仅是礼貌，也是品德，还是才能。做一个文明人从守时开始，要做成一件事从守时开始。

缺什么补什么

闲暇的人需要严肃的工作，忙碌的人需要轻松的消遣。

死胡同是为固执的人准备的

把人和事引入死胡同的是固执。世上的死胡同都是为固执的人准备的。

像海那样交友

要像海那样做天下所有水的朋友：向每一条河流开放，又不抛弃任何一条往日的河流。人要有 5 分钟内就交上朋友的开放性，还要有酿造 50 年友谊的持久性，这样才能把做人与做官、做生意统一起来。

拒绝错误便是拒绝成长

只有敢犯错误的人才能成长，只有不犯同样错误的人才能快速成长。

为人处事最忌串味儿

做人的功夫不到家，智慧不圆通，为人办事就会串味，写诗像写小说，经商像做官，谈情像做生意。

既能当旗帜又能当尿布的人

有一种人是旗帜，在风中飘扬，志在成仁。

有一种人是流水，委曲求全，志在成功。

谭嗣同是一杆旗帜，勾践是一带流水。前者可生而赴死，以颈血染云；后者忍辱负重，让灭国复生。勾践甚至还当过尿布，亲口品尝过吴王的大便。

前一种人精神伟大，后一种人意志惊人；前一种人人格辉煌，后一种人功业彪炳。能把这二者结合在一起的，大概只有周文和甘地这样的圣雄了。

不患才小而患心小

才能不高但胸怀很宽的人，比才气很大但心胸狭窄的人更能成就大业。大业需要众人来做，才高心窄可以孤芳自赏，不能让群雄共襄盛举。

市场不关心态度

考核人，计划经济看态度，市场经济看效果。以为只要工作态度好，就能在市场经济中找到一席之地，不仅要失望，甚至会失业。

宁可受人谴责,别让神鄙夷

因诚实而犯的过错,可能受到人的谴责,但会受到神的嘉许;因欺诈而收获的成果,可能让人羡慕,但只会让神鄙夷。

让失败来得早一点

如果人生必须失败,那就让失败来得早一点,以便我们有足够的时间,把失败变成成功的资本。

不要被自己结的果实压断了腰

慈禧对想要变法的儿皇帝光绪说:"你看到那棵已经折断的树了吗? 它太年轻,但却结满了果实,它是被自己的丰硕成果压断的。"

这也许是她一生说过的最精彩的话之一。

如果你还没有长大长结实,就不要结出太多的果实。被自己的果实压断的人我们见得难道还少吗? 少年得志未必是好事,大器晚成可以更长久。

一次拆了所有的桥

过了河就拆桥的人,在以后的生活中不会再有桥。

慢一点的东西可能长久

兔子跑得快，只能跑几年；乌龟爬得慢，能够爬千载。我们急匆匆地干什么呢？

磨损他的脚

人要坚韧。别人把你当脚垫，磨损的是他的脚。

进化就是做好了一件自己原本不愿做的事

人之所以为人，是他能做他原本不愿做的事情。因此，他有向另一个方向发展的可能性。动物不行，永远只受自己特定本能的支配，停止了进化。

意志行为与兴趣行为相比，更具人性。

人生是演戏，但要有闭幕的时间

人生就是演出，在不同的场合扮演不同的角色。区别只在于用心扮演或不用心扮演，演给别人看，还是演给自己看。

要有不演出的时间，而对不化妆、不穿戏服的自我，面对赤裸裸的自我，纵声大笑，彻底放松。不然，人生多么累啊。

软蛋、笨蛋和坏蛋

不敢犯错误的是软蛋，总是犯错误的是笨蛋，自己不犯错误，让别人犯错误的是坏蛋。

小鸡不要生大蛋

小鸡不要生大蛋，否则，会蛋碎鸡死。

生存的秘诀

生存的秘诀是：把简单的事情搞复杂，把复杂的事情搞简单。

头脑简单的人会崇拜前一种能力，头脑复杂的人会佩服后一种能力。简单便于施行，复杂为了思考。能思能行，可成大业。

既要有分量，也要有分寸

人要有分量感，也要有分寸感。分量感让人感到你有力量，分寸感使人认为你有运用力量的能力。

三个劝告

爱后悔的人不要炒股票，股市永远让人后悔；爱生气的人不要当司机，中国的交通状况总是让人生气；爱饶舌的人不要去做官，官场的生存秘诀是沉默。

错误是正确的路标

永远不犯错误，也就永远不能进入正确的轨道，因为错误是正确的路标。

小人物办不了大事

办小事不要找大人物，办大事不要找小人物。大人物办不了小事，小人物办不了大事。历史上的许多悲剧都是由办大事的小人物造成的。

让人讨厌也是一种本事

人要有让人喜欢的本事，也要有让人讨厌的本事。发起一件事，需要前一种本事；了解一件事，需要后一种本事。

先富而后能廉

今天，要想做个清官，先要做个富翁。

真正的聪明不是给人看的

要大聪明，不要小聪明。小聪明是表演给别人看的，大聪明是藏着给自己用的。

要英明不要精明

什么是英明？什么是聪明？什么是精明？

英明是鹰的眼，能看到生活中的远景；聪明是虎的睛，能看到中距离的动静；精明是鼠的目，它看到的风景，不超过一寸。

英明能够雪中送炭，聪明能锦上添花，精明则能捞就捞。

要有目的，但目的性不宜太强

目的性太强的人，很难达到目的。

无聊是有聊的母亲

无聊的事只要认真去做，就不是无聊。而且，有聊大多从无聊来。体育比赛拿冠军有聊，平常的训练是无聊的。

把好人做到底

好人很多的时候，坏人容易成事，因为坏人短缺，供不应求，身价上升。

坏人泛滥的时候，好人容易成事，因为好人稀缺，身价倍增。

只要坚持做好人，总有时来运转的时候。

做人第七　吹大的东西容易破

放弃成功

能放弃过去错误做法的人聪明，能放弃过去成功做法的人更聪明。

不是笨蛋就是坏蛋

真左派可能是笨蛋，假左派必定是坏蛋。

巅峰就在我们止步的地方

巅峰并不难找，巅峰就在我们止步的地方。对于一只蚂蚁而言，巅峰就在一块土疙瘩上；对于一个永不止步的人来说，巅峰是不存在的。临终前的牛顿不过是知识大海边的一个捡石子的孩子而已。

吹大的东西容易破

一口气虽然可以吹出一只很大的气球，但也只需要一根手指头就能让它破裂。

要准备一套干脏活的衣服

穿洁白的衬衫，不能去打扫一间肮脏的屋子。

成功的秘诀只有两个字

成功的秘诀只有两个字：坚持。

记住长城

永恒的丰碑是用一块块小事的砖石砌成的。

先生为何挨打

陈惠湘说过一句很有趣的话：中国人永远不能原谅别人，日本人永远不能原谅自己。我想，正因为此，中国人永远做先生，日本人总是做学生。结果自然是：挨打的总是先生。

口水养不住蛟龙

舍不得放水，就养不住蛟龙，光说漂亮话不行。

简洁、比喻与幽默

简洁是一种智慧，比喻是一种天才，幽默是聪明和爱。

光勤奋是不够的

勤奋不等于坚持。坚持是有方向的勤奋,勤奋是无方向的坚持。同样是采花,蜜蜂是坚持的,蝴蝶是勤奋的。坚持有结果,勤奋只开花。

健康是分母

健康是分母,其他一切都是分子;健康等于零,其他一切都等于零。

做尺子,不如做人

一旦你不再把自己作为衡量别人的标准,你会发现,生活本来也很轻松,别人也不像你曾经认为的那样可恨。

做尺子,不如做人。

小便宜毁坏大人格

我们对爱占小便宜的人的人格,不应有太高的指望。

被猪踩了一脚

被踩了一脚,听到一声对不起,这是人踩的;被踩了一脚,听不到什么，还看到一张恶狠狠的脸，那是猪踩的。于是我们勃然大怒。被猪踩了一脚，有什么可怒的，你莫非要回踩它一脚不成？

我们的大多数愤怒都来源于把不是人的东西当人看。

最难是做人

除了做人没难事，除了自己没敌人。最难是做人，最危险的是自己。

命运不在别人手里

行为养成习惯，习惯养成性格，性格决定命运。想有好命运，从好行为开始。要改变命运，首先改变自己的行为。所以说，命运不在别人手里。

做自己的主宰

亚历山大大帝走出宫殿，看见一个乞丐像狗一样躺在门前，身上铺满阳光。乞丐名叫第欧根尼，是个哲学家。

"你需要我的帮助么？"亚历山大问。

"我需要的是，请你走开。"第欧根尼翻了个身说，"别挡住我的阳光。"

亚历山大大帝尊敬地走开了。他知道，比做世界主宰更难的是，在世界主宰面前敢于做自己的主宰。

洪流不会在手掌上奔腾

不能容纳污浊小溪的河流,不能壮阔。纳污的东西未必宏伟,但宏伟的东西必须能纳污。掌上明珠虽然雅洁,但肯定当不了路灯。小而洁的东西适合于珍藏,在箱笼里;大能容的东西能够匡时,在尘世中。

洪流不会在手掌上奔腾,除非那是如来佛的手掌。

完人伤痕累累

一个完人是残缺不全的。他为了在别人眼里完美,必须自我修剪,切掉许多真实的部分。

完人伤痕累累。

唯富有者能包容

上帝包容一切,因为上帝富有一切。人们的包容性与其所拥有的资源相适应。野生动物为其领地而战,是谈不上包容的。解决了生存问题,脱离了利益冲突的人才能扩大自己的包容。

富有天下的人如果不能宽容,只能表明他还不是天下真正的拥有者。

文章好坏与写它的笔无关

能睡好觉的人，并不在意床；能写好文章的人，也不在意笔。总是埋怨环境的人，不知道该埋怨的是自己。

衡量伟大的四把尺子

人的伟大性是可以衡量的。

一生几落几起的人，比跌倒了就爬不起来的人伟大。幸运只能带来一次荣耀，不止一次登上人生不同顶峰的人，靠的不是幸运，而是他的人格。

能自我否定的人，比死不认错的人伟大。能自我否定，就能自我超越；不能，则被自我囚禁。自我超越者，日见其大；自我囚禁者，日见其小。

心理稳定的人，比心理脆弱的人伟大。人沉浮而心不沉浮者大，身起落而神不起落者寿。虽然人格大小，不以呼吸多长时间来定，但成大事者总是活的时间长一点好。如果姜太公卖不掉面粉就活活气死，他在历史上岂不是大不起来？

改变世界的人，比被世界改变的人伟大。在小商品市场上，个别商贩降价销售，改变的只是他自己的收入，他改变不了整个市场的价格水平，因为他小。伟人不是小商贩，他活过或没有活过，世界不一样。伟人活过以后，生活不是变得更好更有意义，就是变得更坏更没有意义。

一杯沧海

不可缺少的缺点

经验告诉我，如果要求一个人没有一点缺点，他也会丧失所有优点。看来，缺点是不可缺少的。

人与己

凡是不尊重别人的人，都瞧不起自己。

聪明害人

聪明是好的，过分聪明就不好。过分聪明比过分愚蠢更危险：过分愚蠢至多误己，过分聪明则要害人。

可恶的优点

有些人的缺点很可爱，比如老顽童周伯通的幼稚；有些人的优点很可恶，比如正人君子岳不群的练达。

命运在自己手里

每个人身上都有某些自己不能战胜的东西，比如情绪、欲望或偏见，统治你，束缚你，奴役你，正是这些东西决定了你的命运。要改变命运，首先战胜自我。从这个意义上说，命运在自己手里。

小蚂蚁不值得伤害

如果有人伤害你，我表示祝贺，因为你值得别人伤害。小蚂蚁是不值得别人伤害的。

滴水中的大海

一个瞬间可能闪现一个人的全部历史，一个细节也许浓缩一个人的整个品性。

水深才敢清澈

人像一潭水。有的人清澈，但太浅，一眼见底；有的人，倒是看不到底，但不是因为他深，而是因为他浑。只有深邃的人，才敢清澈；而浅薄的人，则要故意把自己弄浑。浅而浊的人，只可养虾；清而深的人，方可养龙。

责任感

没有责任感伤害别人，太有责任感伤害自己。

小露大藏

小要露，大要藏。小的不露，不能脱颖而出；大的不藏，不能免

于众谤。

人的脆弱性

人的脆弱性表现在两个方面:得意时太把自己当人,失意时太不把自己当人。

不要挡路

待人的方式

被你当作天使的人，可能变成魔鬼；被你当作魔鬼的人，会变成天使。人成为什么人，与你对待他的方式有关。

生辰八字

我带一个部下的妻子去求职，走进一家房地产公司老总的办公室。

老总正在办公桌边打电话。在办公桌的对面有一对沙发，沙发中间是一个茶几。我走过去，坐在其中一只沙发上，部下的妻子一屁股坐在了另一只沙发上。我赶紧让她坐到沙发边上的一只椅子上。她想也没想，老总打完电话后坐在哪儿？

面试后，虽然老总碍于我的面子打算录用她，但我劝她放弃。那位女士难以胜任她的工作，因为她对自己所处的境界缺乏起码的判断。失败的人生一定是在下面八个字中的某几个字上出了问题：境界、位子、角色、分寸。

这是决定一个人一生成败的生辰八字。

人缘不等于嘴甜

人缘非常重要。

经商，人缘是钱；从政，人缘是权；在家，人缘是和睦；出门，人缘是安全；办事，人缘是成功；休闲，人缘是欢颜。人缘不是点头哈

　　宿酒醒来，天色微明，窗外淅淅沥沥下着小雨，小鸟咕咕唧唧说着梦话。蒙眬地躺在床上，心里荡漾着远方的恋人，一会儿醒来，一会儿睡去，睡去又醒来，醒来又睡去……不知身在何处，也不知今夕何年。

　　这种幸福，天上人间。

我每天拥抱生活，亲吻生活，发现生活不只有嘴唇，
还有牙齿，咬得我伤痕累累。
我还是每天拥抱生活，亲吻生活。
我是生活的情人。

腰,人缘不是全天候笑脸。人缘是以人苦为己苦,分己甜为人甜。

写生活比写文章难

人情练达即文章,文章练达非人情。读生活比读书本更重要,写生活比写文章难。

埋怨环境,就是拒绝卓越

限制产生艺术,艰难的环境产生才干。平衡木上诞生世界冠军,石头缝里生长黄山迎客松。埋怨环境,就是拒绝卓越。

把人往坏里想时,好人就出现了

当你把人都往坏里想时,好人就出现了;当你把人都往好里想时,坏人就出现了。

不要和没有老朋友的人做朋友

看一个人是否可靠,要看他是否有老朋友。一个只有新朋友的人,是靠不住的。

飞不到鹰那么高不是问题

测量人的质量高低,不仅要看他好起来会做什么好事,更要看他坏起来能不做什么坏事。

飞不到鹰那么高不是问题，问题是不要堕落得比鸡还要低。

对先行者的忠告

我对先行者的唯一忠告是：不要挡路。

容易激愤的人没有幽默感

激愤是水，幽默是石。水落石出，激愤退潮，才会露出幽默的奇石。

理解就是赦免

除了疯子，人们的行为都有其合理性。假如我们觉得某些人的行为不合理，那是因为我们还没有理解那些行为。提高自己的理解能力可以减少冲突。理解就是赦免。

祖母语录比许多导师教诲更有价值

祖母语录比许多导师指示更有价值。我有不少山东朋友，人格芳菲。细聊，都有祖母语录作为人生指南。祖母格言大多是这样的："不要害人，别人害了你，也不要报复他；害过你的人，以后还会帮你。"

这是口头传播的人生教科书，包含着深刻的循环原理：害人导致害人的循环，报复导致报复的循环。不害人，不报复，就会中断这一恶性循环，甚至给害人者留下忏悔和补过的机会。

时间是勤勉者的朋友

在报上读到一篇文章，赞美时间，说时间使一些非常重要的人物，渐渐失去了重要性，一个一个离开他的重要位置，甚至离开他热爱过或谋害过的人间。时间从来没有对手，很孤独。如果你感到自己不是某个强大势力或人物的对手，就请时间帮忙，时间是最好的帮手。

不过，要想时间帮忙，第一你必须相对年轻，第二你必须相对勤奋。时间的消耗对每个人都是一样的。时间是年轻人的朋友，是老年人的对头；是懒惰者的敌人，是勤勉者的朋友。

自由是享受也是责任

自由，是人生最大的享受，当然，也是人生最大的责任。承担不起人生责任的人，逃避自由。

不能当绿叶的红花容易凋谢

在对弱旅的一场球赛中，世界足球先生罗纳尔多一球未入，替补上场的雷克巴梅开两度，救了国际米兰。不是罗纳尔多浪得虚名，而是雷克巴突出奇兵。明星耀眼吸引防守，黑马在后乘虚而入。

绿叶衬红花，为了审美；红花托绿叶，为了胜利。不能当绿叶的红花不能长久开放，因为胜利毕竟是浇灌整座花园的水。

老朋友是情感的故乡

没有老朋友，犹如没有故乡。

爬第二座山的心情

在人生的旅途上，爬第一座山与爬第二座山时的心情有所不同：爬第二座山时，开始欣赏路边的风景。

多流汗，才能少流泪

多流汗，才能少流泪。唱完了全部歌曲的知了和蟋蟀，到了冬天，只能到蚂蚁门前行乞。

没有小事，只有小人

没有小事，只有小人。大人能把小事做大，小人会把大事做小。

雕龙从雕虫开始

要雕龙，先雕虫。要画虎，先画狗。

小圈套容易落入大圈套里

螳螂捕蝉,黄雀在后。功力不足、器局不大的人,最好不要设圈套害人,结果反被人害。自己的小圈套,很容易落入别人的大圈套中。大圈套与天地同形。

要干大事,先成大器

有多大器,装多少水;有多大量,成多大事。要干大事,先成大器。

大处着眼,小处着手

做事要从大处着眼,小处着手;从最好处设想,从最坏处打算。

最高境界是诗

任何事做到最高境界都是写诗,但写诗并不能代替别的境界。

要大度也要有力度

如今,大气很容易被当成傻气,大度很容易被视为糊涂,你的客气很容易变成别人的福气。

因此,大气要有大智相伴,大度要有力度相随,客气要有克星相继。

对诚实的人说诚实的话

什么是诚实?对诚实的人说诚实的话,对不诚实的人说不诚实的话。

什么是犯傻?对不诚实的人,说诚实的话。

什么是虚伪?对诚实的人,说不诚实的话。

不必履行的义务

对说谎者,我们不履行说真话的义务;对骗子,我们不履行承诺的义务;对吝啬鬼,我们不履行慷慨的义务。

说法也是方法

说法也是方法。

一个说法可以办成一件事,也可以毁掉一件事。从对方利害出发的说法可以成事,只从自己利害出发的说法,可以败事。

但硬把自己的利害说成是别人的利害,那毁掉的就不只是事,还有说话的人。

人与人既相克也相生

相生相克思想是中国传统思想的核心部分之一。人人相克，人人相生。每个人都追求自己的利益,故而相克;每个人都不可能独自获得他所要追求的利益,必须与他人合作,因而相生。

空钩子钓不到鱼

你想要的东西,必须也是别人想要的东西,并能与别人分享它,如此,你才能要到它。所有的钓翁都懂得,要想让鱼儿上钩,不能下空钩子。

人贵兼听,更贵兼思

人贵兼听,更贵兼思。有些话我们听不到,有些话别人不会说。因此,只兼听还不够。

误解别人行为,是不兼思的结果。人们做或不做一件事,其动机很难从外部观察到。很小的时候,读过一本蒙古民间故事集:《阿拉巴根仓的故事》。里面有只会说话的小鸟,给每个抓住它的人讲三个故事,如果听故事的人一次都不叹息,它就留下来。下面是其中一个故事的梗概:

有个母亲要去河边洗衣,让她心爱的大花猫帮她照看摇篮中的宝宝。等她回家时,宝宝正在没命地大哭,大花猫却趴在孩子耳朵所在的地方舔血,血还在流,耳朵却不见了。

母亲大怒："坏猫，居然啃了宝宝的耳朵还舔血……""砰！"她举起棒槌打死了猫。半小时后，母亲扫地，在门后发现了一只血肉模糊的大肥耗子，嘴里还咬着宝宝的耳朵。显然，她是把卫士当强盗打死了。

所有听故事的人听到这里都会情不自禁地叹口气，为不能兼思的人类叹息。

要斗志，不要斗气

斗气的人不快乐，也不成功。

斗气斗输了，当然是输了；斗气斗赢了，还是输了，输了精力，输了时间，输了人际关系。

某日，朋友开车送我去某地，和一辆出租车挤在一起，互不相让，不说清楚是谁先挤了谁，都不愿意罢休。

我等不及，打车走了。不管结果如何，我知道他们俩都输了：出租车司机输了金钱，我的朋友输了对我的好意。

所以，要斗志，不要斗气。

没听说有动物保护协会耗子分会

生存和美感不是一回事。

耗子是最缺乏美感的动物之一，但它也是所有物种中活得最长久的物种之一。没有听说保护动物协会下面有耗子分会，相反，倒有不少灭鼠行动组。这个种族灭绝了吗？没有，还很繁荣。何故？

面前有粮食，身后有洞穴。生存需要的是安全。

占便宜不会致富

占便宜不会致富，吃亏不会贫穷。而且，占便宜是造孽，吃亏是积福。

不要和别人狭路相逢

我们生活的世界大得很，最好不要和别人狭路相逢。假如我们不小心挡了别人的路，就礼貌地让开，说声对不起。这不仅不丢脸，反而很体面。

成功和痛快只能要一个

理性的处事方法图的是成功，不是痛快；非理性的处事方法图的是痛快，不是成功。

半步主义

在中国做事，最好只走半步：早半步或晚半步。早半步可得风气之先，晚半步，不冒无谓的风险。

但不能早一步或晚一步。早一步成为被枪打的出头鸟，晚一步就会别人牵牛你拔桩；早一步花还未开，晚一步瓜已落去。半步就不同了，早半步嫩蕊初放，晚半步瓜熟蒂落，不用你动手去摘。

被等待是负债

等待者与被等待者是债权债务关系。等待者是债权人，被等待者是债务人。等待得越久，利息越重。负心人是最大的债务人，因为有人在终生等待他。

必要的小人

不能与小人打交道，便不能成就大业，因为小人是任何事业的必要组成部分。

人生的平衡术

比平衡木上更难的平衡动作是表演人生的三大平衡：心理平衡、生理平衡和人与环境的平衡。一个平衡的丧失，会导致其他两个平衡的倾斜。人生的艺术，就是保持或恢复这三个平衡的艺术。

三种境界

只能在一种境界中生活的是"常"。常人，就是马尔库塞所说的"单面人"，一生只能做一种事情或干一种职业，比如出租汽车司机。

能在多种境界中生活的是"道"和"魔"。不同的是，道在不同的境界有不同的行为方式，而且是那个境界所要求的最理想的行为方式。菩萨都是这样行为的，最著名的大概是千手千眼观音。

而魔，在所有的境界中都只有一种行为方式，一种他认为唯一理想的行为方式。

着了魔，就有点像德国纳粹时期那样，按人种定义生活；也有点像我国"文化大革命"时期那样，连种庄稼、解数学题都要遵循阶级斗争的最高纲领。

说话之道

说话之道，值得参悟。

有时先说主动，有时后说主动。先说可以先发制人，后说可以后发制人。先说，可以先定调子；后说，可以一锤定音。先说，自己亮明主张，堵反对意见于未形；后说，模棱两可，可以抓任何人的辫子。

一般有权的人先说，先声夺人；无权的人后说，看风使舵。

只带屁股不带椅子

很难在生活中为自己定位，所以我干脆不给自己定位。我到了哪里，位置就在哪里。我是只带屁股不带椅子的人。

另一个自我

判断一个人境界的大小，首先看他是否能用别人的眼光来看待问题。能这样做的人，他会体会到，他人并非地狱，而是另一个自我。

脸上的阳光

别人脸上的冰霜，只能用你自己脸上的阳光去融化。

处人先处己

不能愉快地与自己相处的人，也不能愉快地与他人相处。

附和有时是一种礼貌

在一些无关紧要的场合，附和、迁就甚至奉承别人的意见，不仅不是虚伪，反而是一种谦逊和礼貌。

像蜡烛，也像火星

人像蜡烛，处静燃久。立于风口浪尖，不是很快熄灭，就是很快烧完。但人也像火星，自燃自灭，只有遇到疾风劲草，才会燎原。

想呐喊时打个哈欠

为政第九

147

演讲要像美女的裙子

有内容的讲话，能讲得短，有如美女的裙子；无内容的讲话，必讲得长，有如小脚的裹布。因此，演讲要像美女的裙子，短一点好。

抄袭也是一种自杀

人生有限，没有时间重复。既不要抄袭别人，也不要抄袭自己，无论是做事，还是作文；无论是做官，还是做人。这样说来，抄袭也是一种自杀。

领导头脑复杂，事情就简单

坐出租车，和司机聊天。司机问我："咱们国家的事情怎么一下子就复杂起来了，好像比人家复杂得快？"

我说，那是因为我们国家某些地方管事的人头脑简单，比人家简单得快。一个单位，领导头脑简单，事情就复杂；领导头脑复杂，事情就简单。

领导的头脑决定了事情的繁简和难易。

做书法家的捷径

练好字虽然不是做大官的条件，但做大官却的确是做书法家的捷径。官做大了，就有人要你题字。题得多了，就成了"家"。

主子的威风是仆人创造出来的

主子的威风是仆人创造出来的,领袖的威风是追随者创造出来的,大官的威风是奴才创造出来的。光杆子司令,不会有司令的威风;一个臣民都没有的皇帝如李煜者,顶多只有一个词人的感伤。

文化能磨钝权力的锋芒

权术很高,文化很低的人特别可怕。这种人对权力的使用没有节制、文化能磨钝权力的锋芒。

不要轻易撕破脸皮

我的一个权术功力很深的朋友说:"如果你不能彻底击倒对手,就不要撕破脸皮。"这话很老到。要么击倒他,要么笼络他,这是对付你的对手的一般准则。

错的是阻碍交通

人间的等级是不可能被消除的。失去等级的社会,会同时失去进步和繁荣,失去高贵和风韵。等级是对人类上进心的鼓励。

等级并不错,错的是"平庸在高位,俊杰沉下僚",错的是在高等级位子上的人拒绝被淘汰,阻碍交通。

小心卑贱的奴仆

做奴仆时越卑贱,做主子时就越残暴。追求权力时不要自己的人格尊严,享受权力时也不会尊重别人的人格尊严。

拒绝残暴的主子,先要拒绝卑贱的奴仆。

送货上门是自由的保证

权力产生于短缺,自由来自过剩。配给排队是专制的基础,送货上门是自由的保证。

红顶商人与黑金政客

在东方,经济是权力经济,权力是本位;在西方,政治是金钱政治,金钱是本位。所以,未完成西方化的地方流行"红顶商人",已完成西方化的地方高产"黑金政客"。

死后放权

如果没有强力限制,掌权的人总是先放弃生命,然后才肯放弃权力。

不可不用坏人

不可不用坏人。

第一,坏人能干,不能干成不了坏人;第二,坏人用着顺手,不像好人,自我牛 B,很不光滑。用一个好人,他觉得你应该用他,不用你是王八蛋,是昏君,是庸主,挺牛气。不像坏人,一旦被用,就很顺从,一辈子跟定你,反正你不用,也没有别人用。

明主不仅用坏人,而且只有明主才用得了坏人,昏君只能为坏人所用。

渔翁也不好当

老是当渔翁并不一定好。当鹬蚌不相争时,或者当蚌向你张开嘴、鹬向你啄下来时,你没有战斗力。你成了玻璃人,不受力。一受力,就碎了。碎片还可能扎伤周围的人。

重要的是识别思想

对政治家而言,最重要的不是创造思想,而是识别思想。

打耳光是个进步

台湾政坛上经常有大打出手或拉拉扯扯的不雅景观。不过,与打枪相比,打耳光是个进步;与抓辫子相比,抓衣领是个进步;与背后骂爹相比，当面骂娘是个进步；与脚下使绊子相比，台上扳腕子是个进步；与在档案里搞鬼相比，在提案里放水更是个进步。

把人当人的政治

某些人，你把他当人，他反而不做人；你拿他不当人，他才慢慢变成人。民主是把人当人的政治。如果不做人，何来民主？动物可以搞无政府主义，但搞不了民主。

还有些人，坏起来没有原则，好起来也没有原则，老好人，总是好人，好得像坏人的帮凶。民主是原则性很强的政治，没有原则，哪有民主？没有原则的民主只能是多数人的暴政，最后归于独裁。

要成事，先成气候

中国传统的经济是自然经济，传统的政治也是自然政治。

自然的特点是靠天吃饭。气候好，就丰收，有饭吃；好皇帝寿命长，坏皇帝寿命短，就清明，气就顺。

自然的另一个特点是气候决定一切。自然经济是气候经济，自然政治也是气候政治。要成事，先成气候。而且，政治上的好景不长，坏景也不长，和天气一样。

不会同时到达终点的长跑

平等和公有不能并存。如果公有物是一次性消费品，不存在公有，只有平等分配；如果公有物是耐用消费品或资本品，不存在平等占有，因为宣布公有，就是宣布以公有物为终点的起跑，起点可能平等，终点肯定不平等。

让纳税人有机会当猫

纳税的时候，纳税人是耗子，当局是猫。猫捉耗子，偷漏税的耗子要受制裁。

用税的时候，当局是耗子，纳税人是猫。贪污、滥用纳税人的钱的官员和机构，也要受制裁。

只要纳税人没有机会当猫，他们偷税、漏税时就没有犯罪感。

魔鬼的婚姻

托克维尔说，只要平等与专制结合在一起，心灵与精神的普遍水平便将永远下降。

我们都亲眼目睹过这种下降。看来这是一对魔鬼的婚姻，他们生的孩子只能是衰败。

痛快一时痛苦一世

历史不会让政治上对立的双方中的任何一方痛快，如果一时痛快了，就会导致彻底的不痛快。

声带多了言路就宽

以前中央电视台体育节目评论员都以某个著名声音说话,不管是不是他本人。

现在的声音就多了,有黄建翔的,有沙桐的,还有其他的。

生活一停滞,一狭窄,一个人的声音就能成为所有声音的开关,就可以在发音上一夫当关,万夫莫开。

壮阔是把不住关的。"青山挡不住,毕竟东流去。"如今声音多起来了,各种各样的,是因为生活扩大了它的流域。

声带多了言路就宽。

向后转

社会就是排队。

一种社会体制,是一种排队顺序。体制改革,就是向所有人喊了一声:"向后转!"结果,在旧体制下走在最前面的人才,转到了最后面,原先掉在队伍后边的半人半鬼,成了排头兵。

这就是改革之初人们所看到的情况:搞导弹的,不如卖茶叶蛋的;拿手术刀的,不如拿剃头刀的;研究院的,不如卖破烂的。

但是,是葫芦总会漂起来,有实力总会后来居上。改革初期的领跑人物,比如年广久之流,在今天社会的第一方阵里已经找不到了。

民主从自觉排队开始

从中国人拒绝排队的习惯中能悟到什么？

可以悟到原因，也可以悟到结果。

原因是历史性的短缺，人多东西少，机会也少，不排队才能优先得到他想要的，排队会被机会遗弃。

结果是拒绝程序，连排队这种最简单的程序都不要，遑论复杂的程序？

民主和政治文明从自觉排队开始。

无政府主义者

有些无政府主义者不是不要自己当政的政府，只是不要别人当政的政府。无政府主义者只有不在政府里时才是无政府主义者。

经商是另一种科举

中国知识分子有"赶考"情结。毛泽东当年把进北京执政说成是"进京赶考"，这是诙谐。现在，许多人把下海当作赶考可不是玩笑。对于他们，经商仍然是科举，挣钱不过是做"八股"。身子在海里游来游去，眼睛还盯着紫禁城。

健康社会的标志

一个健康社会的标志是：允许做梦，也允许清醒。

要看见，但不要盯着

作为上级，不能看不到部下的缺点，也不能老盯着部下的缺点。看不到缺点，会用错人；老盯着，会没人用。

必须至察，不能至究

古话说："人至察无徒，水至清无鱼。"我以为人可以至察，但不可至究。不至察，可能没有知人之明；如至究，也许天下没有可用之人。

要有至察之明，更要有容人之量。

宽严适度才能管好人

管教人是某种行为艺术。过宽，会放纵其行为；过严，会逼迫其行为转入地下。结果不是放荡就是虚伪。

批评与赞扬的学问

对朋友，要当面批评背后赞扬；对下属，要人前赞扬人后批评。

正确地去做正确的事情

目的理性是知道什么是正确的事情，手段理性或工具理性是知道怎么正确地做事情。既有目的的理性，又有手段理性的人，就是能够正确地去做正确的事情的人。

寻租者是不蒙面的大盗

寻租是利益截留，是在滚滚的利益洪流中筑一道堤、拦一道坝、挖一个坑，留住一片利益的"水"。所以，寻租是通过阻挡别人前进来掠取自己利益的，是一种委婉的拦路抢劫。寻租者是不蒙面的大盗。

经不起一次失败

科学家失败 99 次，一次成功，可能获得诺贝尔奖；政治家成功99 次，一次失败，也许就身败名裂。

如果你看到搞政治的人都小心翼翼、唯唯诺诺，要表示理解，甚至同情，他们都经不起失败。

能力是含金量，权力是票面值

权力和能力是相称的，有多大能力行使多大权力。能力强的人能把小权使大，能力弱的人能把大权使小。能力是含金量，权力

为政第九　想呐喊时打个哈欠

是票面值。

用人要疑,疑人要用

"用人不疑,疑人不用。"这一格言的哲学背景是:人要么是天使,要么是魔鬼;制度背景是人治。

其实人并非都是天使,所以"用人要疑";人也并非都是魔鬼,所以"疑人要用"。

"用人要疑"是建立法制的前提,"疑人要用"是相信法制的结果。

"用人不疑",天使会变成魔鬼;"疑人不用",天下无可用之人。

超脱于纷争之上

驭人之道重在显人而隐己。用人之好恶以遂己之好恶。用他人所憎攻己之所恶,用他人所好成己之所爱。这样,既可以成事,又可以超脱于纷争之上,不使自己成为矛盾的一方,而成为矛盾的协调者。

唐太宗让持任何主张的臣下都要找到与自己持对立观点的人来共同奏事,就是这个意思。

越级提拔干部并非揠苗助长

擢升人才有逐级与越级两手。

逐级提拔,重在锻炼人才,使其胜任各级工作;越级提拔,是要

　　山之奇在石，山之秀在树，山之灵在水，山之韵在鸟，山之神在云。

　　犹如人之奇在骨，人之秀在发，人之灵在眼，人之韵在声，人之神在情。

　　如今，在很多地方，山石碎了，山树砍了，山水枯了，山鸟尽了，山云没了，这就难怪奇人、秀人、灵人、骚人和神人也少了。

我们这个社会有许多钓鱼爱好者，
可惜大多数人只偏爱短线。

培植亲信，使其感恩戴德。

逐级提拔，为了事业发展；越级提拔，为了权力巩固。

所以，越级提拔，并不是揠苗助长。

有一种犯错误的人不能不用

错误有三种：一是因经验不足而犯的错误，二是因能力不足而犯的错误，三是因德性不足而犯的错误。

同样的错误只犯一次，是个经验问题；同样的错误犯两次以上，是个能力问题；不管犯什么错误，只有一个同样的目的：有利于自己，是个德性问题。

犯经验不足错误的人，不能不用，否则，他的错误就白犯了，这样的错误犯过之后，就成了财富；犯能力不足错误的人应当调换他的工作；唯有对德性亏缺的人不能姑息，处理要果断，方法要委婉。

责权利必须统一

责权利三者必须统一。权力是履行职责的外部条件，利益是履行责任的内部动力。授权不到位，利益不兑现的地方，没有人负责任。

明见不难，难在厉行

察人不难，难在察己；明见不难，难在厉行。

为政第九 想 呐 喊 时 打 个 哈 欠

古之郭国之君,因善善恶恶而亡国,就是因为他能明见而不能厉行:善待善人而不能任用善人,厌恶恶人而不能摈除恶人。

上下雷同的组织容易衰败

在组织中,上下雷同比上下不同更可怕。不同是兴盛之机,雷同是衰亡之兆;不同可生和谐,雷同归于死寂。不过,意见可以不一,政令必出一辙,否则,属下将无所适从。

对眼泪的计划管理

计划经济的最后结果,是对情感的计划管理:人们的欢乐与悲伤应当纳入计划轨道。超出计划的眼泪和狂欢,都是不可取的。

方案出台前后

方案出台之前变得越多,出台之后就变得越少。

关于面子和里子的中国功夫

中国文化用于实践就是中国功夫。称王之前的中国功夫是不要面子只要里子;称王之后的中国功夫,是不要里子只要面子。

领导就是包容

领导就是包容。你能包容谁,就能做谁的领导。相互不能包容的人之间不会存在领导与被领导的关系。等到你不再能包容你的属下时,你也就不再是他的领导:不是他的敌人,就是他的路人。

权力是让来的

那些争权夺利的人不懂,对于一个有才能的人来说,权力不是争来的,而是让来的。争来的权力还要被别人争,因此不安全;让来的权力还会被别人让,所以无后患。

治国不同于开锁

诸葛亮出山就打胜仗,阿斗终身学不会治国。不学就会是悟性,悟性能一通百通;学了才会是理性,理性是一把钥匙开一把锁。看来,治国不同于开锁。

让小人派大用

要害一个小丑,就给他一个大舞台,让其尽情表演,他以为自己当了主角,不知道舞台越大,他会得到越多的嘘声。

要害一个小人,就让他担当大任,让他把千斤重担举过头顶,

为政第九 想呐喊时打个哈欠

他以为自己举足轻重，不知道重担一旦像山一样倒下来，自己就会变成肉饼。

领袖三要素

一个伟大的领导者必须具备三种素质：菩萨心肠，如来智慧，霹雳手段。换句话说，他要有良心、有头脑、有手段。

道谋并用才能取来真经

谋是道之用，道之脚。道无谋不行。如来佛让唐僧西天取经，是道；让孙行者护驾降魔，是谋。只有取经之道，没有降魔之谋，经是取不来的。

道是谋之极，谋之魂。谋无道不成。四人帮经营势力，可谓足智多谋，但一朝被擒，为天下笑，快天下心，就因为他们无道。

一边倒

意见一边倒的群体，自身也会一边倒，不打自倒。犹如大海中的一艘船，大家全靠一边站，岂能不翻船？

想呐喊时打个哈欠

政治行为是反人的本能的。当你想狂喊的时候，结果只是打了个哈欠，那你就精通了政治。

大小之辨

小事要当机立断，大事要三思而行。

时机问题

政治上，有时候什么都不做，比做什么都好；有时候做点什么，比什么都不做好。关键是要知道：什么时候需要等待，什么时候需要搏杀。

两个密切联系

只有既密切联系群众，又密切联系领导的人，才能做大官，又能做好官。

功夫在商外

养气先养势

势养气。强劲的气势,可以带来高昂的士气。势竭则气衰。玩公司者,不可不察。

烹小鲜若治大国

治大国若烹小鲜,烹小鲜若治大国。没有烹小鲜的静气,治不好一个大国;没有治大国的功力,做不好一家公司。

功夫在商外

"功夫在诗外",功夫也在商外。

自己成了海鲜

事业发展比人成长得快,是经济发生周期性波动的一个原因。

在经济繁荣与事业膨胀时期,许多小人物纷纷做起了大事,如同大潮把小鱼小虾赶上了海滩;等到小人坏了大业,公司纷纷倒闭,经济开始退潮,小鱼小虾也就成了别人餐桌上的海鲜。

镢头与加号

企业家是什么？加号与镢头。把分离的资源组合起来，企业家是加号；把潜在的资源发掘出来，企业家是镢头。

投四两，不投千斤

四两拨千斤，会投资的投四两，不会投资的投千斤。

坏人必定搞坏好项目

真懂投资的不是投项目，而是投人。好人可能搞不好坏项目，坏人必定搞坏好项目。

还是要先小人后君子

在商务活动中，先小人未必后君子，先君子必定后小人。

诺言是债务

诺言是一种债务，没有偿还能力的人不要轻许诺言。债台筑高了，信誉就会崩溃。

可以做大，不能自大

不少大公司的总裁们纷纷垮台，有人得出结论：不能把事情做大。不，我不愿接受这个结论。在我看来，不是不能做大，是不能自大。

事业是底座，你是底座上的雕像。如果你的自我感觉膨胀得比底座快，你自然会倒塌。

处理事与处理人

一个公司如果只有某件事处理不好，关键就是处理事；如果有一批事处理不好，关键就是处理人，处理关键的人。

说服与调节

世界上没有绝对真理。所以，没有一种意见是不可反驳的，没有一个人的看法是不可以讨论、不可以做工作的。

真正刚性的是利益。但即便是利益，也可以补偿、可以交换、可以替代。

会做工作的人，是使对立意见相对化、对立利益可替代化的人。前者的功夫是说服，后者的本事是调节。

大的协议基本上是用心签订的

我进行商务谈判，一般是一小时用来谈天说地、议古论今，最后五分钟讨论商务条款。要别人接受你的意见、你的项目，先要让别人接受你这个人。好的非功利谈话，有助于别人从总体上接受你。

大的协议基本上是用心签订的。

宁可不办事，不可办傻事

宁可不办事，不可办傻事。不办事，可能没有收益但有悠闲；办傻事，不仅损失金钱也损失时间。不办事，不是最好的状况；办傻事，则可能是最坏的状况。避免最坏的状况发生，是有限理性，是无为思想，也是民主的价值。

我目睹过不少一度辉煌的大公司，都毁于办傻事。

会管人的只管几个

会管人的只管几个人，不会管人的管所有人。会管人的将将，不会管人的将兵。将将，七八个足矣；将兵，多多益善。所以汉高是皇帝，韩信只能当将军。

熟悉的胆要大，不熟悉的胆要小

做公司，风险与收益对称。不冒风险，难成大事；过度冒险，必有大败。分寸感可以在下面的关系中寻找：

对自己熟悉的事，胆子要大；对自己不熟悉的事情，胆子要小。

管理的难题

管理的难题之一是：禁止干坏事的同时，也禁止了干好事；放开干好事的同时，也放开了干坏事。

恨别人所爱，爱别人所恨

做股票不难，懂得爱和恨就行。当人人都爱股市时，你恨它，赶紧退出，和它断绝关系；当人人都恨它时，你要爱它，赶紧进入，和它发生正当的或不正当的关系。这就是爱恨出入规则。

做股票也难，难就难在你难以恨别人所爱的，爱别人所恨的。

利用问题

对于运作资金的人来说，问题就是机会。治国，发现问题是为了解决问题；投资，发现问题是为了利用问题。所以，索罗斯说：察觉混乱，可以致富。

投资与投机

只投资不投机的是农夫,只投机不投资的是赌徒。投资是实,投机是虚,虚实结合,才能致富。

有实力才有微笑

不错,市场经济是一场微笑的战争。不过,有实力有手段,你才能微笑;没有实力没有手段,你只能哭泣。

傻子是骗子穿的一件外衣

不能给骗子投资,也不能给傻子投资。傻子自己不会骗你,但一定会有人通过他来骗你。傻子就是骗子穿的一件外衣。

不是安全岛,是立交桥

我的一个总经理问我:"当两条路交叉时,怎样才能不撞车?"

"你说呢?"我反问。

"修一个安全岛。"

"不,修一座立交桥,一座人才的立交桥。一个人撑起一条路,事业的车辆各行其道,畅行无阻,不会撞车。你只要管管流量,疏通可能发生的车祸就行了。"

感觉超前也不好

打江山的时候,不应当提前找到坐江山的感觉,这种感觉会使你关心安全甚于关心发展,防备别人甚于使用人才。

坐江山的时候,也不应当延期使用打江山的做法,这种做法会使你不断折腾,搞得鸡犬不宁。

做公司与做人

会做人的不一定会做公司,但会做公司的可能会做人。

推销用户的身份

广告不仅是在推销厂家自己的产品,也是在推销用户的身份。

为了做生意,最好先做朋友

朋友之间最好不要做生意,但为了做生意,最好先做朋友。

啊,商品经济

商品经济是第一眼的经济,所以外观很重要,人和公司都要漂亮;

商品经济是最势利的经济,所以实力很重要,资金和社会背景都要雄厚;

商品经济是契约经济,所以信誉很重要,做人做事都要实在。

啊,商品经济,你有模特的外貌,拳击手的腰板和举重选手的双脚。

"亏"是老实人的避孕药

做公司,不能让老实人吃亏。让老实人吃亏,公司的人就会变得不老实起来。亏是老实人的避孕药,吃了会让他绝种。

两头危险

一个组织在事业的开端和结尾都是危机丛生的。开端欣欣向荣,争夺权力;结尾残汤剩羹,瓜分利益。

解决问题要果断

解决问题要果断,解决问题的方法要委婉。我过去经商所犯的错误之一就是解决问题很优柔,解决问题的方法都很果断。

用人的上乘境界是被人用

某集团公司董事长问我是怎么用人的。我说我从来不用人,只被人用。

资本市场的三大法宝

在中国操作资本市场,一要钱,二要权,三要缘。

宁可失利,不可失信

做公司,宁可失利,不可失信。利是暂时的资产,信是长期的资产。

整人也是一种活儿

干活的人抱怨:不能允许不干活的整干活的。他不知道,如果没有别的活儿干,整人就是要干的活儿。

不仅会动情,还要会动刀

我的一位朋友是某公司的总经理,有恩无威,部下不拿他当回事儿。最近他开掉了几个人,公司员工立即开始战栗。早上上班,他一进门,员工们"唰"地一声都站起来;他进了自己的办公室,员工们才"嚓"地一声坐下去。

领导公司,不仅要会动情,有时还要会动刀。领导别的也一样。

读点小说

经商从政的人应当多读点小说。不读小说的人不习惯用别人的眼睛看，用别人的耳朵听，用别人的鼻子闻，用别人的触角摸，用别人的心去感受。这样的人，不大能了解别种境界中人的生活，不甚明了别人的心理活动，所以说话办事不能遂别人的心意，逆水行舟，事倍功半。

可以说，商战其实是心理战，权力较量其实是心理较量。

没有实力不要早开花

"最好的防守是进攻"，但必须有进攻的实力。中国足球队和日本八佰伴不懂这个道理：八佰伴用扩张克服信用危机，用进攻代替防守，而脚跟从未站稳，结果宣布破产；中国足球队打全攻全守，但体力不支，只能打半场好球，上半场开花，下半场枯萎。

不是鬼敲门

如果半夜听到敲门声，你会以为是你的朋友拎着酒瓶来了，而不是"鬼"提着一把刀来了，那你是个幸福的人，没有干过亏心事，也没有挣过亏心钱。

在商界,利益就是是非

在理论界,是非就是利益;在商界,利益就是是非。

铺垫的艺术

人生的艺术就是铺垫的艺术。写小说不铺垫,没有高潮;踢足球不铺垫,不会进球;没有春天的铺垫,就没有秋天的收获;没有关系的铺垫,就没有关要处的帮助。

水到100度沸腾,前99度都是铺垫。牟其中不做99度的工作,只要最后1度的沸腾,也就是不要铺垫,只要高潮;不要电线,只要灯泡;不要恋爱,只要性生活;不要耕耘,只要收获;他要来的只能是泡影。

钱多也不自由

钱是维持自由的手段。钱太多或太少,都不自由。钱太多,受钱奴役;钱太少,受有钱人奴役。

有多大本事管多少钱

有多少钱办多大事,有多大本事管多少钱。本事大钱少可能把事情做小,钱多本事小必定把事情做糟。

钱来时挡不住，钱走时拦不住

钱犹水也。你找到了源头，筑好了引渠，修好了蓄水池，启动了闸门，钱就滚滚而来，想挡都挡不住。

但如果你不善于管理，漏洞太多，便犹如河堤决口，钱就奔腾而去，想堵也堵不了。

钱在有钱的时候不是钱

钱在有钱的时候不是钱，钱只在没有钱的时候才是钱。

千万富翁就得打工

钱作为个人资产，一千万是个分界点。一千万以下，是个自由问题，一千万以上，是个成就问题；一千万以下，意味着财富，一千万以上，意味着责任；一千万以下，是消费，一千万以上，是投资，替自己和别人打工。

所以说，百万富翁才是富翁，千万富翁就得打工了。

富人很少是亡命之徒

钱的多少与其分量成反比。钱越多，钱的分量越轻，生命的分量就越重。钱越少，钱的分量就越重，生命的分量就越轻。富人很少是亡命之徒。

有钱怕被恨，无钱怕被笑

挣到钱的，都说自己没挣到钱；没挣到钱的，都说自己挣到了钱，因为中国人恨人有，笑人无。有钱怕被恨，无钱怕被笑。

只有钱进不了天堂

没有金钱的生活可能不是天堂，但没有友谊的生活肯定是地狱。

宁可浪费钱，别浪费物

如果一定要浪费，我们宁可浪费钱，不浪费物。钱是人造的，物是天赐的。你多浪费一份物，别人就少一份物；你多浪费一个钱，别人可能反而多一份物。钱和物有时并不一一对称，比如一场大火烧掉了亿万富翁的钱柜，与这些钱对应的物就被赦免。

不用钱买的快乐更好

用钱买的快乐好，不用钱买的快乐更好。用钱买的快乐受支付能力的限制，不用钱买的快乐，不受任何限制，像阳光一样。

人是钱前面的数字

钱是"0",人才是 0 前面的数字。

有人在前面,钱多了才有价值。钱在赌徒手里,一夜之间,可能烟消云散;钱在事业家手里,蓦然回首,也许丰碑林立。

变成教堂的金钱才耸立起来

与艺术相比,别的东西都是速朽的。

意大利文艺复兴时期的大多数金钱都在宴乐中耗散了,只有变成了西斯廷教堂的金钱耸立起来。

当年,米开朗基罗的壁画是为西斯廷教堂服务的;如今,西斯廷教堂在为米开朗基罗的壁画服务。

当年,信徒们进入西斯廷教堂,是朝拜上帝;如今,信徒们进入西斯廷教堂,主要是朝拜米开朗基罗。

钱不是数出来的

不数钱的人,钱数不完。

要赌就赌人生

我不赌钱,我赌的是人生。人生的赌注已经够大。

我不爱喝酒,我喝的是生活。生活的醇厚已经够我沉醉。

金钱买不来朋友

挣钱不如挣朋友。朋友可以带来金钱,但金钱买不来朋友。

口袋决定口号

革命热情与口袋里的金钱成反比,权利要求与口袋里的金钱成正比。因此,革命家反对社会富裕,改良者担心国家贫穷。

金钱可以简化人际关系

把一切关系归结为金钱关系是冷酷的,但是金钱确实能简化许多不必要的关系。金钱可以让人生活得简单,未必能让人生活得温情。

丢脸的是知识

斯文不一定是扫地的好扫帚,无赖也不一定是搂钱的金耙子。有知识的人应当富贵。他们不能挣钱,丢脸的不是自己,是知识。他们挣钱,知识增光。不能总是让粗鄙在中国的高速公路上"奔驰"。

财富赎不回健康

现在许多人的财富都是用健康典当来的。等到他用财富去赎健康的时候,才明白:财富与健康之间是不能互换的。健康可以典当财富,但财富赎不回健康。

资金未动,股权先行

行军打仗的第一守则是:兵马未动,粮草先行。组建企业的第一守则是:资金未动,股权先行。安排不好股权,企业尚未开张,就已经失败了一半。

花钱也有道

从如何挣钱,看一个企业的品格;从如何花钱,看一个企业家的品格。

老实开头难

老实人最难挣的是第一笔钱,狡诈的人最难挣的是第二笔钱。

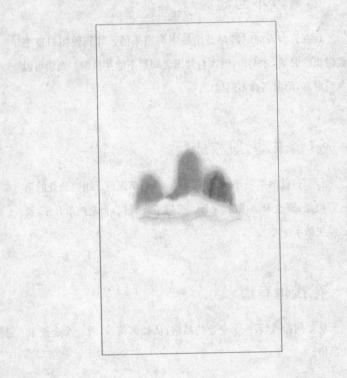

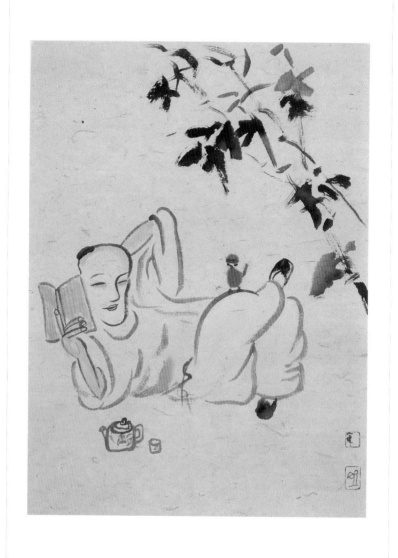

放浪自己与放逐自己是不一样的。

前者是把自己放给小女人,后者是把自己放给大自然。

我渴望对自己有一次放逐。

大气来自静气。不能静的人不能大。